U0921803

LIFE
INTERMEDIARY
LIMITED
COMPANY

人生中介有限公司

武士零
著

北京联合出版公司
Beijing United Publishing Co.,Ltd.

序言

大学肄业后，我成了个包工头。

二〇一八年夏天，一个沉闷的午后。我坐在工地的临时板房里，电风扇有气无力地吹着，工人的鼾声此起彼伏。就在这时，一个男童的声音如闪电般出现在我耳边：“喂，你这家伙！对现在的生活很不满意吧！要不要过来写小说！”

我似乎接收到了神秘力量的召唤！我想也没想说：“好的，我来了！”

在这套念头的驱动下，我开始第一次进行小说创作。原本只想稍微回应一下那个声音，没想到越写越多，颇有一发不可收之势。于是我便辞去了工作，开始全职写作。

《人生中介有限公司》中收录的作品，多是我在那一年写下的。那一年的我不明写作技法，也没有确切的创作母题，能写下这些故事全凭内心的一股冲动驱使。

我在《活人刀》中写了一场少年大冒险，男孩十五岁离家，发誓要铸世上最好的刀；在《致病药》里写了一对相濡以沫的老夫妻；在《世界灭绝的唯一解》里写了一场有关人性的游戏……

我唯独不想承认的是，那全部是我的经历。在我找到成熟的写作方式前，所有素材都是从自己身上挖掘而来。你从故事里看到的每一种生活，我都曾亲身经历。在某种意义上，这本书的面世是对我的公开处刑。

我的写作生命还很长，但这样的故事不会再有了。它或许稚嫩，却饱含着创作者的情感。我曾遇到过一些执着于“真实”的读者，他们问我，这些故事是不是真的？每一次，我都会诚恳并笃定地告诉他们：“每一个让你为之动容的故事，都一定在世界的某个角落悄悄发生过。”

小说是虚构的艺术，但我坚信虚构有超越真实的力量。为了创造这些东西，小说家们将自己一片片撕碎，揉进故事的面团里，让它们在菌体的作用下发酵、膨胀，爆发出更加猛烈的能量——砰！你看到的每个故事，都是一场漫长的化学反应催生的大爆炸。

化学反应从还未有记忆的襁褓时期开始，经过了生命中的每一次颠簸和震颤，最后储存在无意识的海洋里。我度过了一场孤独的童年，所有的回忆都和故事有关，却从未有过自怨自艾的情绪。故事陪伴着我，将我和这个世界紧紧连接。从儿时起，我便将自己紧锁于十平米不到的卧室，在故事中窥见天地宇宙的壮阔风景。

如今我翻开书架上的旧书，终于知道二〇一八年的那个声音来自哪里。

它来自二十年前的夏天，同样沉闷无风的午后。我趴在木质地板上，雪糕汁水点滴打湿书页。我嘬着手指，从那天开始酝酿一场大爆炸，透过书本呼唤着二十年后平庸的自己：“喂！你这家伙！

要不要过来写小说！”

那一页，有行歪歪扭扭的铅笔字：“我想成为作家。”

那是我对自己吼出的，超越一生庸碌的咆哮。

如今，我和曾鼓舞过我的先辈们站在同一个舞台，真正涉足其中时，却又看见一个残酷的事实——人类创作的文艺作品，其中九成都将石沉大海。

是的，创作就像中彩票，极少作品能够杀出重围，在人们心中烙下印记。而身为创作者的我，内心一直有一个狂妄的愿望：我希望能够通过毕生的不懈努力，创造出“中彩票”的那部作品。

如果这本书中的某个故事能让您产生“中彩票了！”的感觉，便是我最大的满足。

本书献给陈芳才女士，感谢你在楼下打印店为我打印小说集。

私印本的多数故事已收录在这本《人生中介有限公司》中，我已履行对你的承诺。

武士零

目 录

典人间万物，卖荣华富贵。

等价交换，童叟无欺。

Chapter 1

/

安家

1

1485平方千米的城市中居住着2200万人，成百上千座擎天巨楼组成这座城市的骨骼。骨骼之下埋伏着城市的血管和神经，数不清的巷弄中穿梭着不知疲倦的细胞，在其中一条不知名的巷子中有一家小店，老板今天起得很早。

店门口悬着一块破破烂烂的招牌，其中半边贴纸从骨架上垂落下来，招牌的龙骨锈迹斑斑，看起来老板也没有要修理的意思。客人在店门口停住，他歪起脑袋认全上面的标识：

“人生中介有限公司。”

在这排大字下面又写着一行小字：

典人间万物，卖荣华富贵。

他口中喃喃着“中介”二字，放下手中的购物袋，缓步走进店里。拨开一扇塑料卷帘，收银台后面插着一颗大脑袋，这人的脑袋大得出奇。看着客人走进店里，他龇开一口牙，客人被这口烂牙吓了一大跳——这人的牙齿几乎没有形状规律，每一颗都长得奇形怪状，唯一相同的是，它们都尖锐如同动物的利齿。

“欢迎光临。”老板的声音像是指甲划过卷闸门。

客人在收银台前的椅子上坐下。

十分钟后，老板将客人送出中介所。客人的表情有些释然，又似乎有些惆怅，每一个从中介所走出来的人，或多或少都会流露出这种表情，老板早就习以为常。买与卖，是这座城市中每天都在发生的事情。

2

杨景将客人送上停在地下的揽胜[①]，行政加长版。大腹便便的外地客人把手里的名牌包扔在后座，那里面刚才还装着五十万现金。他艰难地将自己塞进座位，落下窗户，挥了挥手。杨景目送着路虎驶出停车场。

杨景乘上电梯，电梯按钮上的荧光逐行上升，电梯在十七楼停下，他一路走进公司的玻璃门，还没来得及坐下，稀稀拉拉的掌声吸引了他的注意。他摸了摸脑袋，离工位不远处的讲台上，一个秃头眼镜男冲他挤眉弄眼。

“恭喜战狼小队的杨景经理，签下五千万元大单！”男人举起话筒，掌声再次响起。杨景环望了一圈，办公室里零散地坐着几个同事，所有人都羡慕地望着自己。他鞠躬谢礼。

讲台上的男人再次开口，他的声音又往上扬了几度，说道：“我们的理念是什么？”他将话筒指向台下。

“我可以！我相信！我一定能行！”

---

① 路虎品牌旗下豪华汽车。

在地产行业里，每个人的书架上都放着一本卡耐基的大作，每个人都把《华尔街之狼》奉作“圣经”，每个人都用吼叫代替说话，扮演着动物世界里的大猩猩——他们甚至捶打胸口。

吼了两声，兜里的手机忽然振动起来。杨景给同事作了个揖，急匆匆地走出办公室，在茶水间掏出手机，屏幕上显示着女友的名字。他歪着脑袋将手机夹在肩膀上，一边打了杯咖啡。

“丽丽，怎么了？我在公司呢。”他端起纸杯，滚烫的咖啡不小心溢在手上，他疼得龇牙咧嘴。

“我上次去看的那套房，你觉得怎么样？我今天问过了，你猜怎么着，又涨了二十万！”电话那头的声音有些嘈杂，女友应该在外面。听完对方的话，杨景心中一沉。

“是啊，现在都这样，一天一个价。”他附和道。

“要不咱们就拿下来吧，你今天签的那个单怎么样了？”

“拿下来了，提成应该有十三万。”杨景嘟囔着，他将咖啡放在桌上。可是在这个地方，十三万能干什么呢？

女友沉默了一阵，似乎在盘算着什么：“加上我们的存款，现在应该有五十万了。”

可是五十万又能干什么呢？

杨景等待着女友再次开口，过了一会儿，女友有些犹豫地说：“我妈前几天又在催我了，你知道，我也二十七岁了。”

“我会想办法的。”这样说着，他挂断电话。

他和女友从大学毕业就在一起了，他是本地人。可令人难以启齿的是，即使是毕业了五年之后，他们仍住在出租屋里。“拼了命地努力，只为了能在自己的家乡有个落脚之地。”这是他今天能想到的最幽默的笑话。

走出茶水间之后，办公室已经恢复平静，杨景回到自己的工位，太阳走到了天中，日光落在电脑旁的盆栽上——那是女友送他的铃兰。盆栽下面似乎压着一张纸，他抬起盆栽，是一张海报。僻静山谷中冒着腾腾热气的温泉，温泉旁坐落着一排房屋，下面写着一行大字：

在四季如春的温泉小镇安家，200 万即可拥有幸福晚年。

他忽然想起来，这张海报是本公司与另一家公司合作推出的广告。图上的小镇在南方，这年头，在南方买房养老的项目也不少。将自己的房子卖了，在南方买一套小房子，留几百万给子女作为在本地买房的首付，是很多家庭解决房子问题的方案。

在这个拥挤的地方，每一寸土地都不是多余的。有人要留下，就有人要走。

他将海报对半折叠，收入口袋。

3

电话是他从同事的通讯录上抄来的。

每个地产销售员都有一本自己的通讯录，上面记载着买方卖方的信息，这等同于他们的饭碗。这会儿杨景手上没有房源，他请同事吃了好几顿饭，经过一个礼拜的软磨硬泡，才从他手上讨到这套房源。

比起女友看中的那套房子，这套更加便宜一些。

出租车驶入一处小区，这个小区狭长幽深，全是五楼层的砖红色板楼，看起来上了些年纪，屋前屋后都栽种着花草，居住在这里的大都是老人。杨景和女友在拐角处下车，看着女友微微皱起的眉头，他说："你别看这小区老啊，抵不住位置好，往东边走三条街就是小学，中学也不远。"

他一边寻找着房源信息上的门牌号，一边掏出手机，拨打起房东的电话。

不一会儿，楼道中传来脚步声。看见出现在眼前的人，杨景猛吃一惊："王二，你家住这里？"

这人脸上挂着一双下垂眼，突出的颧骨上裹着两块瘦肉，笑起来便挤成一团，露出两排尖利的牙齿，不止丑，还带着些凶。能丑成这样的人，除了那位大学同学王二，杨景想不到第二个人。

杨景还记得那个美术系女孩和王二分手的理由：你的长相已成为我们之间的障碍。王二不仅丑，而且由于长相带给他的自卑，大学时他一直没有什么存在感。如果不是住在隔壁寝室，杨景根本不会记得他。

对方似乎和他一样吃惊，打量了他一瞬，一把揽住他的肩膀："哇，真是巧了，大学毕业以后就没见过了吧？"

杨景掸掸肩膀，一边点头，一边瞟了瞟他身后的楼道。"你女朋友？"王二啧啧地说，"就是当年那个……中文系的？你小子可以啊！先不说这些，上我家吃饭！”

杨景有些尴尬地笑笑，他挥挥手：“不了不了，我还有点事，下次我请你啊，留个电话。”

“那我就不留你了，正好我也有点事，今天有人来看我家的房。”

不会这么巧吧……杨景的脑海中闪过这个念头，他试探性地问道：“你的房子在几楼？”

“五楼，怎么了？问这个干吗？”

“可是接电话的是个阿姨啊。”女友回过神来，插进两人的对话，“难道是你的房子？”

王二愣了一会儿，哈哈大笑：“这可真是巧了，那是我妈！”

4

“像这样的房子，我有五套。”王二跟在两人身后踱着步，“你们要是不喜欢，可以再去看看别的。”

正检查房屋结构的杨景抬起头来，谁也没想过，当年在学校干啥啥不行的王二同学，家里竟然有五套房，而曾经身为校园风云人物的自己，如今却只是一个小小的房产中介。他没有回答，女友却接上话茬：“哇，那你这辈子岂不是啥都不用干了？”

“都是家里长辈留给我的，我爷爷两套，我外公两套，我爹一套。”王二把头甩得像拨浪鼓，“啥都不干就太无聊了，我平常没事就跑跑 Uber，打发打发时间。”

听到长辈这两个字，杨景就像把柠檬和苦瓜一同嚼进心里一样。他不由得握紧女友的手：“你觉得怎么样？”

“还好吧。”女友看了看王二，对方正在鼓捣手机。她说：“除了小了点以外，别的地方都还行。”

“没事，咱们先买下来过渡，以后换更大的。”他笃定地说。

“杨总，你觉得怎么样？”王二放下手机，“咱们还赶着吃饭呢，我得好好和你喝一顿。”

杨景左右看了看，尽可能地装出一种无所谓的语气：“不错，价格能不能再低一点？”

“七百六十五万！给你减二十万，这是最低价了。咱们兄弟之间，就不用磨叽了，你也知道现在的房子有多好卖，要不是急着用钱，我也不愿卖。”

杨景感受到女友的目光，她正殷切地看着自己。

“嗐，那就七百六十八万吧，给你添三万，听起来也吉利。”

“反向加价？杨总阔气不减当年啊！”王二竖起大拇指。

5

100 平方米的房子住几个人才不算拥挤？这个问题杨景想过很多次。这套房子里曾经住着五个人，现在只剩四个，但看起来还是那么拥挤，从小到大都是如此。

一踏进屋内，他就闻到一股焚烧纸张的气味。他摇了摇头，家人早就叮嘱奶奶不要在屋里给爷爷烧纸燃香，但这些劝告她从没听过。

这是爷爷死去的第三天。

从菜市场回来的时候，爷爷在巷子口的污水坑里绊了一跤，便再也没有爬起来。人一生中会摔很多次跤，有时候你爬起来了，有时候你没有，这件事就是如此简单。

父母坐在餐桌旁看电视，餐桌摆在客厅里。他们的脸上没有愁云惨雾，爷爷离开的那一天，母亲象征性地哭泣了一阵，然后很快结束。人上了年纪之后，或许都会对死亡麻木，杨景觉得这样也好，死亡并不意味着什么，悲伤也不能给逝者安慰。

他在桌前坐下，拿起筷子，奶奶没有出来吃饭，她一直和爷爷在房间里单独分餐，爷爷死后，她的习惯也没有改过来。

“怎么这么早就下班了？”母亲问道。

“今天工作不多。”他埋头扒饭。

“有空也常带丽丽回家吃饭啊，今天怎么想到回家？”母亲继续追问，父亲像个木偶般充耳不闻，他一直如此。

“她工作有点忙。”杨景有些烦躁。

“不是妈妈说你，恋爱也谈了这么多年了，也差不多该结婚了吧？人家一个女孩子，一个人在这里生活，你好歹也要给人家点念想。”母亲继续喋喋不休。

“结婚？”杨景放下碗，心中积攒许久的怨气蠢蠢欲动，“房子呢？凭什么结婚？你们给钱吗？”他扯了扯嘴角，说这些伤害父母的话，竟使他压抑的情绪得到些许释放。

他的话就像一口硬饭把母亲哽住，她看了看儿子，又看了看丈夫，半天竟说不出话，眼眶却红了起来。杨景不知如何自处，正准备离去，父亲忽然开口了："要不把这套房卖了吧，卖了，你们就有钱买房了。"他的声音有些干涩，这句话不知从什么时候开始憋在他的喉咙里，就像存在保险箱里的旧钞票。

杨景这才想起此行的目的，他从裤兜里摸出皱巴巴的海报，在桌子上摊开，对父亲说："想不想去南方？"

连他自己也奇怪，那股怨气就像从未出现过，他的心情重新好转。

南方是什么样的呢？杨景没有去过南方，但工作中培养的话术在此刻发挥起了功用："这个镇子是当地出了名的长寿镇，那里的温泉水含有好几十种稀有元素。法国依云小镇您知道吗？全世界只有两个镇子有这种温泉，第二个就是这里。您看，总价两百万元一套，现在买的话，还能享有温泉水直供入户的特权。"

"南方？"母亲的眼神有些迷茫，"南方是什么样的呢？"

奶奶的屋子里传来哭声。她遵循古老的礼仪，哀伤是对逝者的尊重。

6

带着客户上楼的时候，杨景的心里有些忐忑。房门口的信箱中似乎夹着一封信，应该是水电费之类的发票函，他瞟了一眼便移开视线，掏出钥匙开门。

这套房是爷爷年轻时购置的婚房，实质上是属于老人的财产，父母只是住在这里罢了。尽管父母已经同意了迁居南方的请求，但杨景尚未征得奶奶的同意。在这种时候对她提出卖房的请求，实在是件残忍的事情。

想到这里，他给身后的客人赔了个笑脸，这是一对新婚夫妻，男的背个双肩包，看起来像是程序员，年纪在三十岁左右。这也是废话，二十几岁的人靠自己哪能买得起房。

“这是单位上分配的房子，别看老，基建质量扎实得很。您看这墙面，二十几年了，腻子还挂着呢。”杨景拍了拍墙，将地上的墙皮悄悄踩住，“老人要去南方，所以才卖房。”

“南方？”男人有些惊讶。

“是啊，四季如春的地方，两百万元一套，终身享用温泉入户待遇。”钥匙卡在锁孔里，杨景用力扯门，门框阵阵哀鸣。

“是吗？”男人若有所思，“回头给我介绍介绍，合适的话让我父母也搬过去。”

“好嘞。”防盗门发出最后一声吼叫，应声而开。不知为什么，杨景的脑子里忽然浮现一幕与此刻无关的画面：山峦抱住四季如春的南方小镇，青石板铺就的街道上，一条条长椅错落有致，坐在上面的老人们将双腿泡进木制的水桶，富含矿物质的温泉水散发氤氲雾气，一双双浑浊的眼睛没有焦点，痴痴地看着远方蔚蓝的天空……

上一次见到奶奶是什么时候呢？杨景有些想不起来，或许是在医院，也可能是在那场草草举办的葬礼上。说是葬礼，其实就是殡仪馆的火葬仪式，寥寥几个人站在空旷的大厅里，透过玻璃窗，看着尸柜被送入熊熊烈火。每个人都在假装悲伤，每个人都在想着自己的事情：如果可以早点离开的话就好了吧？人都死了为什么要给别人添麻烦呢？我的工作可是很忙的啊……

屋里没有人，父母应该出去买菜了，以前这是爷爷的工作。杨景带着两位顾客走入客厅，粗略介绍了房子的构造，然后朝自己的房间走去。

“这屋子怎么锁了？”杨景回头看向男人，他正在拧动奶奶房间的门锁。他连忙走过去，压低声音：“这屋的钥匙我忘带了，回头我拍两张照片给您。”话音未落，房间里忽然传来一阵响动。男人望向杨景，杨景有些尴尬地挠挠头。

“我爸在里面养了条阿拉斯加，可能是忘记喂饭了吧。”杨景急中生智，“来，咱们先看看这两个房间。”

男人回头看了看房门，将信将疑地跟着他走开。

草草将房子看完一遍之后，杨景招呼两位客人在沙发上坐下，给他们冲上茉莉花茶。跟在男人身后的女人年纪比男人小一些，一路上虽然没有怎么说过话，但杨景看得出她对这套老房子不太满意。他故意走到阳台上抽了根烟，把哄女孩的空间交给男人。

“张总。”他扔掉烟头，走进客厅，“房子您也差不多了解了一遍，您觉得怎么样？”

八百万，他想。减掉在南方买房的两百万，还能剩下六百万，或许，女友喜欢的那套房子也不是不可以看一看。

“我觉得……”男人清了清喉咙，忽然被左手侧房间传来的声响吸引了注意。杨景随着他的目光看过去，杉木门上的圆形把手正在缓缓转动。奶奶走出房间。

“你要卖房？”他似乎很久没听到过奶奶的声音了，她的语气里带着怒意，“这是你爷爷留下的房子，你凭什么卖？我不卖！”

难道父母没有跟她说去南方买房的事？杨景一阵头大，向两位顾客有些抱歉地笑笑，走过去，搀扶起奶奶的手臂，她身上有股中草药和熏香的味道。他压低声音：“奶奶，你听我说。”

“说什么？你爷爷才走几天，你就要把他的房子卖了？”她一把甩开杨景的手，颤颤巍巍地走到沙发前，抓起一只枕头。

枕头在空中划出优美的抛物线，像根羽毛掉在女人的身上。女人发出一声夸张的惊叫，就像掉在身上的是一块砖头。“杨经理，这就是你说的阿拉斯加？”

“走，都给我出去，这是我的房子！”奶奶不依不饶，她回头看向孙子，“房产证上写的是我的名字，你们凭什么卖掉我的房子？”

两位顾客仓皇逃出房子，杨景无奈地目送他们离开，这单生意是无论如何也做不了了。但他还来不及生奶奶的气。

刚才的动作似乎消耗了太多精力，老人无力地陷入沙发。她的嘴唇翕动着，像是在说些什么，杨景仔细去听：

“这是我的婚房啊！这是他买给我的婚房……”

7

杨景挂断女友的电话。

怠慢客户是可大可小的事情，但是两位客户的投诉给他带来了更严重的影响——公司是不允许员工利用公司资源进行私下交易的，东窗事发后，上一笔订单的奖金泡了汤。

那可是十三万啊。想到这里，他越发愤怒，楼道中的感应灯似乎也感受到了他的情绪，随着他的呼吸一明一暗。为什么？别人的父母能给孩子五套房，他不仅得不到任何帮助，还要因他们的顽固不化承受如此羞辱。

女友并不知道这件事，但她每天都会问起交款的事，距离和王二约定付款的日期只剩三天，杨景没有赚到一分钱。他不怪女友，她等了他太多年，他知道这是最后一次机会。如果他让她失望，女友将离开他的城市。她的父母帮她在故乡铺好了路，考公务员，买房，这是她的退路。

而我没有。杨景闭上眼睛。我没有退路。

他走上楼梯。

母亲在厨房里忙碌，父亲坐在沙发上抽着闷烟，他瞅了儿子一眼，没有说话。他看着父亲的侧脸，他们太像了，两个过于相似的男人很难进行正常的交流，这是杨景早就领悟的道理。

奶奶的房门紧锁着，就像从来没有打开过那样。他多希望它从来没有打开过。

“你们没有跟奶奶说吗？去南方的事。”他在沙发上坐下来，从父亲的烟盒里抽出一支烟。他很少抽烟。

父亲看也没看他，他在等待妻子来救场，他总是如此。她来了，在围裙上搓干双手，朝奶奶的房间看了一眼，低声说：“要不咱们再缓一段时间吧？这个房子是她的宝贝，她和你爷爷在这里过了一辈子，你爷爷又……她很难接受去南方的事情。”

“很难接受？”杨景笑了，他大声说，“那我呢？我要如何接受？快三十岁了，活在自己的故乡，还像条无家可归的狗，今天住这里，明天住那里……我怎么和丽丽交代？结婚？你们想要我结婚？问问她想不想吧！”

大多数母亲是这样的角色，她们负责救场、疏导，用女人的方式柔和地解决问题。当她们发现问题的严峻性超过她们的想象，她们便不再说话，开始风暴式哭泣，或者啜泣。

“我直说吧，这次买不了房，她就要走了，回老家。”杨景摊开双手，“我没办法了。”

父亲佝着的脑袋抬了抬，似乎想要说些什么，然后很快放弃。五十几岁的男人，在工厂里干了一辈子，结果还住在父母的房子里。他和我一模一样，杨景想。

“你好好跟她说说行吗？”妈妈哽咽着，她又看向奶奶房间的方向，语气里竟多了些怨气，“我也不知道，她会这么不讲道理啊！”

她在听吗？杨景也看着那扇紧闭的房门，缕缕青烟从门底的缝隙中爬出，他闻到香火气。今天是那个人的头七。

8

1485 平方千米的城市中居住着 2200 万人，成百上千座擎天巨楼组成这座城市的骨骼。骨骼之下埋伏着城市的血管和神经，数不清的巷弄中穿梭着不知疲倦的细胞，在其中一条不知名的巷子中有一家小店，老板今天起得很早。

店门口悬着一块破破烂烂的招牌，其中半边贴纸从骨架上垂落下来，招牌的龙骨锈迹斑斑，看起来老板也没有要修理的意思。一位老人在店门口停住，她歪起脑袋认全上面的标识：

“人生中介有限公司。”

在这排大字下面又写着一行小字：

“典人间万物，卖荣华富贵。”

无处可去的人哪里都能去，她走进店铺。

老板咧开一嘴烂牙：“欢迎光临。”

“请问这里什么都可以当吗？”她回头看向店门处，那里仅与她两米之隔，却像是隔着一个世界。门外升起了雾气，一切都是朦胧的。

“什么都可以当。”老板肯定地点点头。

老人犹豫了一会儿，从手中的绣花提包中取出一个塑料购物袋。她剥开三层购物袋，将里面的物什一件件取出：一个金镯子，一对金耳环，一只镶着翡翠的金戒指。“这些东西可以给我的孙子换套房子吗？”

“在哪里？”

“就在本地。”

“不能。”

“那……我还有什么可以当的？”老人扶住柜面，在椅子上坐下。

“命。”老板眯起眼睛，“一条命就能换一套房子，童叟无欺。”

“命吗？”老人听了这句话，竟没有半点惊讶，她略微思考了几秒，点头同意。“可以的。”

“好嘞，那您先填张表，把您的基本信息都写在上面。”老人接过老板递来的表，抓起桌上的笔，便在纸上写起来。忽然她似乎想到了什么，抬起头：“你知道南方是什么样的吗？”

“南方？”

“我儿子要去南方了，我怕他过得不习惯。”

“南方啊，比咱们这儿暖和，空气也好一些。”老板接过信息表，细细看了一遍，忽然皱起眉头。他咂巴着嘴，似乎有难以启齿的话：“你们家……最近没有收到过一封信吗？”

“信？”

“这个人。”老板指着信息表上“配偶”一栏的名字，那是老人的丈夫。他说：“一个礼拜以前，这个人来我店里卖命。他说，要给孙子换一套房。”

老人搁在桌上的双手猛烈地颤抖起来。

“不应该啊，没有收到吗？”老板自言自语着，抬头一看，面前的老人早已泪流满面，她浑浊的眼睛里像是藏了座深不见底的湖泊。她说：“那么，也请你带我过去吧，好吗？”

“你们这……有没有能让我

得老年痴呆的药？”

Chapter 2

/

致病药

1

中药、风油精、84 消毒水……当这些东西的味道组合在一起的时候，会变成另一种标志性的味道。从小和奶奶一起长大的我知道，这是老人味。在老人的屋子里，一切都井井有条，却又毫无生气。

阳台上摆着一丛花圃，上面竞相绽放着许多我分辨不出来的植物。从现在这个季节来判断的话，最显眼的那一簇应该是郁金香。看得出来它享受过精心的照料，与这屋子里的其他生物不同，它生机勃勃地绽放着。

在这套两居室中，老人死去了。

屋子的门口有个牛奶盒，连续两天，老人罕见地没有取走里面的牛奶。邻居敏锐地发现了事情的蹊跷，从这一点来看，居委会大妈有着很强的推理能力。

当我们赶到现场时，防盗门和卧室门都被从里面锁上，屋里所有的窗户都从里面拉下了窗闩，绝对不可能存在凶手进出的条件。在推理小说的剧情中，这是一个难得的双重密室。

老人瘫坐在面对窗户的书桌前，干瘪的双手死死掐住自己的喉咙，看样子是因窒息而死。他的视线停在书桌的镇纸上，镇纸下压着一些富有年代感的照片。我取下镇纸一一端详，全部是两位老人的合照，背景或是照相馆的廉价布景，或是八达岭的标志性城墙。

还不是那么老的老人紧紧搂着他的妻子，对着镜头腼腆地微笑。

他的妻子有一双温柔的眼睛。

在他的身后，老旧的藤椅上坐着他温柔的妻子。我们发现她时，她正盯着自己放在膝上的双手。她一动不动，不知道这样的姿势保持了多久。我们呼唤她的名字，她有些迷惑地抬起头，然后重新看向自己的膝盖。两天里她没有进食，警车在第一时间把她送往医院。

“阿尔茨海默病。”而后赶来的法医如是说。这是晚期的阿尔茨海默病患者，她的大脑就像一颗干瘪的核桃，她忘记了所有人，包括自己。把问询的希望放在她的身上，无异于痴人说梦。

如果这是一个双重密室，她就是在案发现场找到的第一嫌疑人。沉迷推理小说的我仍这样想象着，直到看见桌子上摆放的农药瓶。标签上是“××枯”的标识——这和老人的死因一致。

这种农药是普通人能接触到的最强毒物。在饮用一小时之内，饮用者的肺部就会开始不可逆的纤维化，呼吸渐渐变得困难，直至窒息而死。

“究竟是什么原因，让你一封遗书都没留下，选择抛下妻子，在这个屋子里痛苦地死去呢？”看着死者浑浊的双眼，我向他问道。

尸体很快被带回警局进行常规的解剖处理，藤椅上的老人被移送医院。我被留下来安排善后，便独自留在亡灵游荡的屋子里，等待着老人的家属。

他是两位老人的独子，姓名取自两人的姓氏，叫周潘。他大约四十几岁，穿着一身廉价涤纶西服，看样子像是匆匆赶来的，塞进裤子的衬衫下摆有些松动。和我料想的一样，他的脸上看不出悲痛。这个年纪的人，一般不会因为父母死去而过度悲伤。

“对于你父亲的自杀原因，你有没有什么可以说的？”我问他。

“抱歉，我的工作比较忙，平常也很少有时间和他交流。”我观察到他稍微皱了皱眉，“不过这种情况的话……你们也不需要调查吧？”

“基本的调查工作还是要做的。”我指向阳台上的花圃，“你父亲很喜欢花啊。”

他从卧室走出来：“那是我母亲从前栽的，她是个园艺爱好者。”他走向客厅里的书柜，在书柜中翻找着。过了一会儿，他像是找到了什么，把那件东西塞进西服兜里。

“那是什么？”我好奇地问道。

“我爸的退休工资卡。”他似乎对我的问题有些警惕，“我妈一个人也没法生活，这屋子里的贵重物品都要拿走。”

笔录完成后，他匆匆离开。我独自留在屋子里，一阵风吹进客厅，沁人心脾的花香味扑面而来。我脱下外套，将它随手搭在身边的椅子上，从客厅门口的鞋架开始，我一一打量起屋内的陈设。

所有的死亡中都隐藏着秘密，哪怕是自杀。

老人的家中没有电视，只在卧室的书桌上摆放着一台小小的收音机。屋子里所有的电器上都铺着一块帘布挡灰，唯独这个收音机上没有，看来老人经常使用它。我一边在书桌的抽屉中翻找着，一边打开收音机。我打开老人常听的固定频道，这时电台正在播送流行歌曲。

书桌的抽屉里摆放着一些常用药物，我一一拿起检视。这些药物大都被随意地摆放着，只有抽屉边缘整齐地摆着两排白色的小药瓶，药瓶上印着“太一生物”的标识。我没有听说过这个药厂。

“丁零零零……”刺耳的闹铃声响起了，我走到客厅关闭闹铃，屋内的收音机传来一个甜美的女声：“欢迎收听下午六点的太一健康大讲堂，今天我们请到的是太一生物的首席科学家唐教授，他将给大家带来癌症治疗领域最前沿的消息……”

太一生物，这和老人抽屉里的药瓶上写的名字一样。

独居老人和下午六点的闹钟，准时收听的健康节目，抗癌领域最前沿的消息……我仔细数着抽屉中其他药瓶的数量，足有百余瓶。药瓶上并没有印制二维码，标签上除了地址之外，也并没有相关的病理说明。

我拿出手机，检索起与“太一生物”相关的信息，但搜索引擎上找不到可以参考的结果。

2

我取了一些药片，将它们交给了警局的法医。使用色谱分析仪[①]的话，应该可以得知其中的成分。

等待检验结果的时间里，我决定去药瓶上的地址看看。虽说电台是旧时代的东西，但坚持使用电台的老年人也有许多，这年头利用它诈骗老年人的案子屡见不鲜。我有一种感觉，这个“太一生物”或许能够给我惊喜。

这是一座由旧百货大楼改造的办公楼，阴暗的电梯间旁杂乱地堆放着许多垃圾，一旁的墙壁上贴着些七扭八歪的铜制铭牌。我从一堆桌球室和网吧中艰难地找到了“太一生物保健品公司”的标识，上面显示它在十七楼。

他们就是在这种地方研制“前沿抗癌药物”的吗？想到自己家中的老人也可能被这样的皮包公司哄骗，我心头升起一股无名火。

电梯哀鸣着爬到十七楼，我敲开贴着公司标识的玻璃门，接待我的是一个二十岁上下的女孩，穿着一身蹩脚的职业装。也许是我的脸上写满了不速之客的信号，她有些紧张。

“请问你找谁？”她问道。

“你们老板在吗？”我左右扫视着。不算宽敞的区域里摆放着四五张办公桌，几个垂头丧气的年轻人坐在桌前，每人面前摆放着一部电话。看来这家公司主要由话务员组成。这时，一部电话响了，话务员迅速拿起听筒：“您好，这里是太一生物。”

“有单子了？”一个大腹便便的中年人从内侧的办公室推门

① 一种分离分析仪器，主要用于复杂的多组分混合物的分离、分析。

出来，正好迎上我的目光。他的眼神里闪过一瞬即逝的慌乱。

我掏出证件：“有一个案子需要你们协助调查。”这句话吸引了所有人的注意。

“里面请。”他弯下腰，脑袋几乎和屁股水平。

“不必了。我想问一下，你们有没有接待过一个叫周江鹰的老人？我们怀疑他曾在你们公司购买过治病药。”

“是保健品。”男人赔着笑，他明白无证生产药物的代价。“我对这个名字没有印象。”

“是吗？”我轻蔑地笑笑，“等到你们的公司被查封以后，你或许就能想起来了。我听过你们的电台广告，听说你们生产抗癌药物？”

男人脸上的肌肉抽了抽，他犹豫了一会儿，对刚刚给我开门的前台小妹说：“Lina，你查一下我们的客户名单。”他转头谄媚地看着我：“整理文档需要一些时间，我们争取在三天以内给您答复。麻烦您留个电话？”

他在打太极。

“好的，秦总。”Lina 朝我抛来探询的目光，“我送您？”

“拖吧，但愿你们能拖久一点。反正那个老人已经死了。”听到这句话的时候，秦总的表情剧烈地波动起来。不仅他，这里所有人似乎都被我抛出的信息惊呆了。“他死了吗……”Lina 喃喃道。

我只告诉他们周江鹰死去的事实，而省略了“自杀”这个死因。

这句话就像个高爆炸弹，激起了假药贩子内心的恐惧。

“送警官下楼。”秦总连忙打住 Lina 的话茬，转身回自己的办公室。

无可奈何之下，我只好在 Lina 的陪同下回到电梯口。Lina 始终垂着头，望着黑魆魆的楼梯口，不知在想些什么。我想她应该知道些什么。

“嘀”的一声，电梯门打开了。我身后传来 Lina 的声音：“我见过周先生。”我撑住电梯门，朝办公室的方向看了一眼，没有人偷看。“说吧，你知道些什么？”

“我听过周先生的事，之前的前台是我的姐姐。”她朝身后瞟了一眼，“她说，这个人有些奇怪。”

“哪里奇怪？”

“她对他的印象很深刻，他和其他人不同，他不是来买抗癌药的。”Lina 想了想，和我一起走进电梯，接着说道，“他问我姐姐的第一个问题是：‘你们有没有可以让人生病的药？’”

“可以让人生病的药？这是什么意思？”我被 Lina 的话惊住了。

“你知道，我们这样的地方……什么东西都能给你造出来。秦总把他请进了办公室，在里面待了一会儿，然后周先生就出来了，手里拿着药。”电梯飞快地下行着，Lina 沉默了一会儿，“我姐姐是病死的，你说这是不是报应？”

“后来呢？他还来过吗？”

“我是上半年入职的……在我的印象里，他每隔一个月都会来一次。拿药之前，他每次都会在秦总办公室里待一会儿，有几次待的时间特别长，大概有好几个小时吧。别的事情我就不知道了，单子的事都是秦总亲手打理。”

难道……秦总真的给了他让人生病的药？

“我明白了，谢谢你。”我走出电梯，“有得选的话，以后不要再干这一行了。”

3

我将“太一生物”的信息反馈给打假部门之后，他们正式开始搜证工作。我转头走向鉴定科，那几粒药丸的鉴定结果应该已经出来了。

听过 Lina 那一番话之后，我对这个原本看起来枯燥简单的案子生起好奇。据她所说，老人应该是在电台上得知了“太一生物”的讯息，根据电台上的地址前往大楼，他的目的是寻找一种可以让人生病的药物。

是的，和其他被“抗癌药物”所蛊惑的人不同，他想要的并不是活命的药物。根据他抽屉中的药瓶数量来看，为了生病，他坚持服药已经很久了。

他为什么要让自己生病？他要生的是什么病？这和他的死亡有什么关系？这些问题困扰着我，在得到答案之前，我的大脑一刻也停不下来。

“这种药物的成分是……淀粉。”法医笑着对我说。

“淀粉？”

“是的，一般的假药贩子会在药里加点扑热息痛[①]，也算是有点用。看来这一家公司对于成本的控制十分严格。这样的药，除了饱腹之外，我想不到别的用处了。”

“他们是当作保健品来卖的。”

“灰色产业嘛。他要敢说这是药，牢底坐穿。”

我走出警局，老迈的伊兰特[②]发出一声哀鸣。我踩下油门，前往下一个目的地。如果周江鹰确实从太一生物购买过这批药物，那么一定会在他的账目上留下支取痕迹。

我想起那个第一时间拿走父亲工资卡的男人。如果可以的话，我真的不想和这样的人打交道。他在笔录里登记的地址位于城郊一处铝合金加工厂，根据那天他穿的廉价西服来看，想必生意也不会太好。

一栋矮小的集装箱厂房验证了我的猜测。我在厂房前停下车，走到门口的时候，忽然听到里面传来争吵的声音。

“这些钱充其量能抵半年利息，其他的钱呢？”我走进厂房，一个穿着背心，满臂文身的人站在冲压机器旁夸张地大吼着，周潘就在他对面。看见我走进来，他脸上露出一丝复杂的表情。

---

① 亦称“乙酰氨基酚”，最常用的非抗炎解热镇痛药，解热作用与阿司匹林相似。

② 汽车品牌。

“您再宽限两个月，我收完这笔订单的尾款就能还了。”周潘说。

“还要两个月？你都拖一年了！”说着，那人一脚踢在机器上，发出“哐”的一声巨响。周潘见机而动，对我喊道：“陈警官。”

“警官？”文身男人回头看了我一眼，悻悻离开。

“欠了高利贷？”我一屁股坐在机器上，饶有兴致地看着周潘，他脸上并没有得救后的喜悦。“你母亲呢？”我问道。

“还在医院。”

“我有点问题想问你。”看见他招呼我往里坐，我摆了摆手，“不用，问完就走。”

“你父亲那张工资卡……我想你已经看过了吧。”我说，“有没有什么奇怪的地方？”

“奇怪的地方？”他脸上闪过一抹异色。

“比如说……余额变少了，或者是短时间内出现大量支取？”

“没有，一点都没变少。”周潘正色道。

我心知继续问也问不出什么结果，于是走出厂房。

我确认自己没有看错，在我提到银行卡的时候，他的脸上闪过了一丝惊讶，这说明那张银行卡的确存在着某种问题，但是他很快否认了我的猜测，这又是为什么呢？

周潘经济上的困顿和对父亲遗产的渴求已经写在了脸上，如果太一生物确实用假药骗取了周江鹰的财产，只要银行卡上的数字少了一分一毫，这个人一定不会善罢甘休。这是我可以确认的事情。

但如果太一生物和周江鹰不存在经济来往，他抽屉里的那些药物又是哪里来的？我拼命挠着头顶上一块顽固的癣，直到指甲缝里塞满血垢。

从周潘的工厂离开之后，我给银行打了个电话。周江鹰的银行卡挂靠在企业，调取他的支取记录需要两个小时，在这段时间里，我有一个人要见。

打假部门的办事效率堪称神速，在得到我的举报之后，他们立刻联系了大量疑似被骗的老人。不到三个小时，他们把太一生物的总经理秦山风带到了审讯室。

我要求亲自负责他的审讯。

秦山风的脸上依旧挂着那副谄媚的笑容，看见我走进审讯室，他甚至打算亲手为我拉开椅子。透过强光，我能看清那张肥脸上的每一个褶子。一想到这身肥肉是用那么多老人的血肉养活的，怒火就在我心中升腾。

“看来你没有办法拖那么久。”我拉开椅子。

“哎，您明察，明察。”他的表情有些尴尬。

“说说吧，你是怎么害死周江鹰的。”我企图从他的脸上看见一丝恐惧，令我惊讶的是，他并没有露出这种表情。

“看来不说也得说了。”他说。

4

“我是做保健品的，想必您也知道其中的路数。我见过很多买药的人，他们有一个共性——对死亡的恐惧。有人想要长寿，有人想治愈不可能被治愈的疾病……用我最崇拜的人卡耐基的话来说，这就是人性的弱点，我就是利用这一点来赚钱的。”

我静静听着他的废话。

“我第一次见到周江鹰，是在七年前，那时我的事业才刚刚起步，在电台上投放的广告耗费了我很多资金。如果不是他登门拜访，我可能当时就放弃这个公司了。”

“这么说，他是你的第一个客户？”

“是的。”他接着说，“他和我想象中的客户截然不同。他对我提的第一个问题是：‘你们有没有可以让人生病的药？’”

来了，让人生病的药。

“我问他想生什么病。他犹豫了一会儿，告诉我，是老年痴呆。你知道的，像我们这样的公司，不能说不行。我告诉他：‘我们有。’”秦山风说，“我有些好奇，就向他问起原因来。”

“他说，他的妻子忘记了他的名字。她忘记了他是谁，忘记了最近发生的所有事情，但相反地，记起了自己年轻时的许多事情。有一回她摸着他的头问：‘你知道江鹰去哪儿了吗？昨天他在厂里加班，到现在都没有回来，我很担心。’”

“他说他感到很难过，因为他和妻子不一样。他只能记得近一些的事情，对这些太过久远的事情，他已经没有印象了。他去问过医生，医生说这是阿尔茨海默病的典型症状，患者的时间概念会变得错乱，误以为自己活在过去的某个时间段里。他说，他很想患上这种病。”秦山风停顿了一下，“‘如果我也可以想起这些事情，或许我们就有一些话可以聊了。’他这样对我说。我想了想，告诉他，我们刚好研发了这种药，两千块一个疗程。”

“人渣。”我说。

秦山风不知好歹地笑笑，说：“没想到，过了一个月，他又来了。他惊喜地告诉我，他和妻子找到了共同的话题。有一天，妻子独自出门，他在邮局找到她时，她执着地向柜员要求购买 1980 年的一款邮票，她认为现在就是那一年。回家后，他惊讶地发现，自己正好有这一款邮票，那是他们共同收集过的邮票本。他把邮票送给妻子，她开心极了……像个小女孩一样欢呼雀跃。”

“他说，在那个瞬间，他想起了 1980 年的许多事情。她说她昨天和江鹰一起看了《庐山恋》。他回忆起了电影中的许多情节。他们乐此不疲地讨论着，成为彼此唯一的好朋友。”秦山风抬头看着天花板，似乎在努力回忆着老人和他的对话，“他认真地跟我说，再给他开十个疗程。”

秦山风是一个讲故事的高手，不知不觉间，我被他的叙述拖进了故事中。我想象着老人笨拙地扮演着年轻时的自己，拼命回忆着 80 年代的每一个细节。我为这样的情景而感动。

“周江鹰妻子脑子里的时间线不是线性的，那是一种……近乎错乱的记忆。她一会儿活在70年代，一会儿活在80年代，有时候又变成一个哭哭啼啼的小女孩，控诉着隔壁小孩抢走了自己的麦芽糖。周江鹰一遍一遍地安慰着她，时间一天一天地流逝着……”秦山风说，“周江鹰每一次来买药，都会对我说他和他妻子最近的事情，久而久之，我陪伴着他们，经历了他们的一生。”

“他们分了一套房子，妻子在阳台上种了一丛花圃。儿子出生了，儿子长大了，儿子不是很喜欢回家，儿子经常向父亲要钱……”秦山风有些惭愧地说，“你知道的，他没什么钱给儿子。全都给我了。”

“他认为这种药物有效果，其实不过是安慰剂效应。我知道这种生意做不长久。果不其然，三年前的一天，他沮丧地对我说：‘我进不去她的世界了。’

“他说：‘最近她变得不爱说话了，总是痴痴地看着某个地方，一动不动地坐上一整天。有时候开口，吐出的也是咿咿呀呀的胡言乱语，我听不懂。’他问我，是不是他的病程跟不上妻子的发展了，不然为什么会听不懂她的话呢？

“我思考了一会儿，告诉他‘药不能停，你要加大剂量。’于是我给他加了一倍的药量，我可真是个商业鬼才啊。”

“安慰剂效应不可能强到这种地步。”我顿了顿，说，“那是阿尔茨海默病的晚期症状，她的记忆和逻辑机能已经完全丧失了。”

“是的，随着他妻子的病情越来越严重，他来我这儿的次数也越来越多。我渐渐地发现，他来买药，或许只是想找我说说话而已，也许他心里已经清楚这种药是没有用的，但他太孤独了……他没有人可以说话。

“就在三天前，他告诉我，他的儿子需要一大笔钱，但是他拿不出来。因为这件事，儿子对他说了非常过分的话。儿子说他是老不死的东西，一点用都没有，只会给别人添麻烦。他问儿子：‘你是不是很想我去死？’”秦山风一字一句地说，“儿子说，是的。”

这时我忽然接到银行打来的电话，对方说，账单已经发到了我的邮箱里。

我走出审讯室，翻阅账单。

5

这笔账单的前七年，每个月都有两千块钱的固定支出。这和秦山风描述的内容一致。我接着往下翻去，到了三年前，转给秦山风的钱变多了，有时候是四千块，有时候是六千块。

老人每个月的退休工资是两千九百块钱，按照这种支取速度，他的存款很快就见底了。我翻到最后一页，最后一项记录显示的日期竟然是三天前，那正是老人自杀的日子。

“他行汇款：300000元。对方账户：秦××。”

三天前，秦山风把这些年坑走的钱，连本带利地还给了周江鹰。这也解释了周潘的隐瞒行为，父亲的账户上莫名多了这么多钱，他高兴还来不及，怎么会告诉警方。

我深吸一口气，头皮阵阵发痒。我走回审讯室。

“为什么？你把所有的钱都还给他了？”

“你连这都查到了。”秦山风双手放在脑勺后面，伸了个懒腰，“因为我不想他去死啊。”

“你这种人也会有同理心？”

“一般来说是没有的，但是我在这七年里，听他讲完了他的一生。”秦山风微笑着，“我没有见过他的妻子，但我比任何人都更加了解她。我比他那个从来不陪爸爸说话的儿子……更加了解他们。”

“我知道他们的花圃中有些什么花儿，知道他们分别爱吃什么食物。我知道周江鹰的左腿有风湿，每到换季的时候就会特别疼……”秦山风自顾自地说着，不知道从什么时候开始，泪水打湿了他的领口，“是从什么时候开始的呢？我居然把他当作我的爸爸。”

我被这段故事深深打动了，而更多的，一种茫然的感觉从我内心油然而生。我迫切地需要走出这间审讯室，去整理脑子里如乱麻般的思绪。

这样想着，我把泪流满面的秦山风留在审讯室，独自走向停车场。我启动车子，漫无目的地开上马路。

不知不觉间，我发现自己来到了一条有些熟悉的街道——周江鹰居住的旧小区就在这条街道上。

街道上稀稀拉拉地开着一些店铺。一家名叫“金富农用”的店铺进入我的视线，店铺门口整齐地摆着一些种子和肥料。我忽然想起，死者档案里出现过这家店铺的名字，周江鹰自杀用的农药正是在这里购买的。

不如多了解一些他的事吧。这样想着，我把车停在店门口。老板正坐在门口，对我打了个招呼。

“您是？”

“警察。”

“警官，我知道的已经全部说了，全说了。”自己家的农药害死了人，也怪不得他这么紧张。

“你认识周江鹰吗？”

“我们都在这条街上住了几十年了，怎么可能不认识啊。唉，老周是个挺热心的人，怎么会……”

“他经常在你这儿买农药吗？”我打断他的话。

“农药没买过，肥料倒是经常买。”

“那你为什么把农药卖给他？”

“嗐，这话说的，开门做生意，还能不卖吗？”他说，“不过我当时也觉得奇怪。问他，他解释说是苗圃里有些杂草，他腰不好，拔起来太费劲了，就想买农药除草。”

“这样啊。”我准备转身离开。

“对了，我忽然想起来个事情。这东西太毒了，我怕他用不好，还打了个电话给他儿子。我说你爸说苗圃里有些杂草，在我这儿买了 ×× 枯农药。”他又说。

“哪一天打的电话？”这句话让我浑身的汗毛瞬间竖起，头皮上的伤口一阵阵发凉。如果日期符合我的猜测，那么我听到的，是这辈子最深的恶意。

不可能……这不可能……我不停劝慰着自己。世界上不可能有这样的恶意……

我艰难地回过头，老板被我的眼神盯得似乎有些发毛，“我想想……礼拜六吧？”

礼拜六，正是三天前。

那一天，周潘向周江鹰要钱无果，叫他的爸爸去死。

那一天，秦山风把骗来的钱全数还给了周江鹰，他说，他不希望他的爸爸去死。

“他儿子是怎么说的？”

“他说，确实有这么个事儿。卖给他吧。”

父子间的矛盾总有冰释前嫌的时候，

只要他们曾并肩作战。

Chapter 3

/

他的拳

1

“别说了，我也不想这样。”周歆浩一拳砸在墙上，指节处传来剧痛，他龇牙咧嘴地拉大音量：“我每天也努力在找工作，拼了命地考一堆连名字都没听说过的乡镇公务员岗位。你以为我想这样吗？”

“好，就算在外面饿死，跪在别人面前讨饭吃，我也不会再打你的电话了！”周歆浩用力按下手机屏幕上的红色按键，母亲急促的呼吸声在这一刻戛然而止。将手机收进兜里之前，他忽然想——就算让她再说一句也没关系的吧？

不过狠话这种东西，撂完就该马上走开。对方因为自己的话而生气还算好，如果她说一些求饶的话，自己搞不好会心软。这样的话，状况会变得有些尴尬。

他走上阶梯，推开网吧的玻璃门之后，凉风扑面而来。

今天是工作日，网吧生意冷清，寥落坐着几个看起来不像是正经人物的角色。只是这样想来的话，自己也是他们中的一员。二十多岁还没有找过一份正经工作的人，几乎可以和社会渣滓这个词画上等号了。

他打开游戏，荧幕上显示着等待计时器。

想到工作，他对母亲的恨意又加深了一分。报考志愿时听从了母亲的建议，他选择了工商管理这个看起来名头响亮的专业，入学后却发现同学们都是些游戏人间的富二代。毕业后又听从母亲的建议，回到这座没有为他准备任何一份工作的小城市……这样的事情在他的成长历程中数不胜数。

就像是读到高中还在穿母亲买的可爱套装的中学生，他的人生被母亲一手摧残成了笑话。

游戏进入选择人物界面，他随手选择了一个新出的人物。它的致敬对象是拳皇中的八神庵，招式也一模一样。他点起一根烟，游戏进入读条阶段，这时候，兜里的手机响了。

看见屏幕上显示的名字时，他的心脏就像被什么东西攥紧了，呼吸猛然一窒。从沙发上坐起来，他略带歉意地看了看荧幕上的画面。四位可怜巴巴的队友正隔着网线与他对视，这局游戏里他们注定等不到八神庵。

推开玻璃门，回到楼梯间，他努力平复着激动的心情。“和女人说话就像一场博弈，表现得太殷勤反而会让对方觉得自己没有价值。”他默念着从网上学来的技巧。

“喂。”他接通电话。

这是女友将他拉入黑名单的第三十七天，一场煎熬的冷战终于在对方的主动示软下结束了，他不无得意地想道。

2

“我们这样下去不行。”一个多月前，坐在商场的甜品店里，女友用过分细长的吸管搅拌着杯中的奶盖，忽然对他发难。与此同时，他正在清理嗓子里那颗不上不下的珍珠，像个哮喘发作的病人。

但那真的很“忽然”吗？在不久之前她好像也说过类似的话，只是那时候他蒙混过关了，而这次没有。他说：“怎么了？为什么突然这样说？”

“我们马上二十四岁了。”女友说，“你还没有一份正经的工作，也没有稳定的收入。说实话，和这样的你在一起，有时候我真的觉得看不到明天。”

女友和他同年同月生，这曾是件值得炫耀的事，没想到反过来竟成了她有力的论据。

又来了，她总是说这样的话。焦躁的情绪从他的心中升起——“我也不想这样的啊。”他自言自语道。

“你说什么？”女友投来好奇的目光。

“没什么，我是说，咱们都还年轻吧。”

明明我每天也努力在找工作，拼了命地考一堆连名字都没听说过的乡镇公务员岗位。我几乎从来没有懈怠过，虽然从来不是最好的，但我比百分之五十的人都更加努力——当然，这样的话他没有说出口。

又来了，百分之五十。不合时宜地，他想起父亲曾经对他说过的话。那是小学某个学期的期末，他刚接受完母亲的责骂，从客厅走回房间的时候，父亲像个小偷般躲在拐角的地方。“又考砸啦？”他将成绩单扯进手中，皱起眉头，然后很快松开，“我看挺好嘛。”他压低声音。

二十五名，五十个人中的第二十五名。

“可是妈妈说不好。”

“浩浩，记住爸爸的话。这个世界上有很多优秀的人，他们一定非常努力，但相应地，这样也很累。所以我们不用过分地努力，只要比百分之五十的人努力一些就好了。”

就是这个原因，你才会成为躲在洗手间拐角偷偷和儿子说话的那种丈夫吧。

他将思绪从回忆中拽出来，女友似乎早已习惯自己这种脱线的状态，仍在等待着自己的回答。他说：“是不是你妈妈又说我了？”

如果再给他一次机会，这句愚蠢的话他永远不会说出口。

“为什么不能从自己身上找找原因呢？”女友重重叹了口气，“二十三岁了，没有车，没有房，没有稳定的收入，你认为这样对吗？换作任何一个母亲，也不会接受女儿和这样的人在一起吧。”

“你说得对。”他举手投降。

“所以我说，我们要不……就这样吧？”

“哪样？”他抬起头，女友没有回复，头也不回地消失在超市的尽头。三十秒后，手机响了，他打开微信，是女友的转账消息。AA制。

3

“喂？”他再次对着电话那头喊道，声音有些大，在楼梯间形成回音。

女友犹豫了一会儿，开口了：“我听保安说……你还是每天晚上蹲在我家小区门口吗？”

“我顺路，买个早点。你家小区门口那家粉店挺好吃的。”

电话那头传来微弱的叹息，每当女友对他无计可施的时候都会叹气。

声音停了一会儿，女友似乎正在准备措辞，这段等待的时间让他有些不安。人类的恐惧来源于未知，没有发生的事情也意味着一切皆有可能。就在他终于忍耐不了的时候，电话中传来另一个声音，女友的手机被什么人抢过去了。

“喂，是周歆浩吗？”中年女性的声音有那种特有的尖锐感。

“阿……阿姨好。”上一次见面是在一年前，当时他给女友送去一箱特价的砂糖橘，她妈那种狐疑和嫌恶的眼神令他至今难以忘怀。

“我就长话短说了，你能不能别再纠缠我女儿了？就当帮我个忙，阿姨谢谢你一辈子。”

就算对我有意见，也不应该这样说话吧，一点回应的空间也没有留下。他嗫嚅着，想不到自己该说什么。

“阿姨，是这样的……”

“别再说了，她不可能和你在一起。很喜欢她是吧？想娶我女儿是吧？除非你准备好五十万彩礼，一百五十个平方以上的房子，三个月以内。”女人说到一半，声音忽然变小，她的脑袋似乎转向了另一个方向，“败家玩意，拽我干什么？看看你那个陈晨姐姐，嫁去武汉，人家二话不说给三十万彩礼，这叫什么？这是尊重。爱情能抵几个钱？”

可是她究竟是说给女友还是自己听的呢？他喉咙有些发痒，眼眶也热起来了，二十几岁的人了，蹲在地上，竟然感觉有些委屈。委屈着，眼泪就落下来了，可心里还是堵。

他没有措辞的时间了，女人说完狠话就把电话挂断。

眼泪落在手机屏幕上，将白底黑字放大三倍，他痴痴望着通讯录上那串长长的号码，翻了好几页。最终，他在“妈妈”这两个字上停下。他拨打母亲的电话。

三声等待音，妈妈的声音响起，电话那头乱哄哄的，她应该还没下班吧。母亲的声音响起的那一刻，他像个婴儿般号啕大哭：“妈。”

据说在所有的语言中，每个人第一个学会的词汇都是“妈”。

妈说儿子，回家吃饭。

4

年轻的你渴望一战成名的机会吗？想要成为八角笼中的帝王吗？参加拳王争霸赛吧！金腰带得主奖金一百万！

红底黑字，海报上印着泰森咆哮的画面，不知道泰森本人知不知道。周江将目光从墙上的海报收回，低头看向双手。

拳套上缠着一圈透明双面胶，不仔细观察的话看不清。胶带外缘粘贴着一些细小的玻璃碴儿，在灯光下闪闪发亮。用这种拳套击中对手的身体，会在不造成重大伤害的同时营造出良好的视觉效果。

和古罗马斗兽一样，搏击是迎合人类潜意识中对毁灭与危险的欲望的运动，观众们爱八角笼里的血，骨骼碎裂的声音，和死亡。

或许正规的UFC[①]比赛中会禁止这种行为，但在连踹裆这种动作都被允许的地下黑拳场里，这根本算不上什么。周江拨开塑料帘布，一百平方米左右的环形观众席上，观众的数量屈指可数。

老陈替他绑好手套，他有些恍惚地看着对方的脑袋。“又焗发了？”他说。这种黑到不自然的发色，一看就是化学物质的功劳。

他还记得老陈年轻时那一身夸张的肌肉，水桶般的腰，拉开臂膀如同蝙蝠般的背阔肌。那时他是老陈的学生，年轻的他从没有设想过，连这种人也会老去。

话说回来，自己不是也老了吗？他下意识地摸向头顶，那里有几根白头发？

“第一回合，两分钟的时候。”老陈拍拍他的肩膀，“他会出低位鞭腿，你假装被击中膝盖，顺势摔倒就好。”

---

① 全称Ultimate Fighting Championship，简称终极格斗冠军赛，是世界上规模最庞大的顶级职业综合格斗赛事。

“给多少？”他活动着即将被扫中的膝盖关节，希望对方能体谅他的风湿。

“这场算多的，加上花红有五千块。”老陈说着，掀起卷帘，将他从休息室一把推出去。他没提防，差点摔在地上，观众席上响起嘘声。

假拳。但你又能指望一个四十八岁的拳手做些什么呢？像个正当年的小伙子一样在八角笼里鏖战三分钟，然后用华丽的地面技降伏对手吗？不，他的耐力甚至不足以让他坚持到三分钟。

他老了，他有几条省级比赛的金腰带。年轻人花几千块钱，买当年全省散打冠军躺在地上，用他的失败证明自己的成功，也算得上童叟无欺。

放心吧老板，我的演技很好。他朝对手努力地眨巴眼睛，释放出这个信号。

他观察着对手，二十五岁，可能二十三岁，正当打的年纪。对手的胳膊不短，胳膊是肉搏的兵器，这意味着他的攻击距离也不短，是个好苗子。他的腹肌鲜明，分成块状的层次，公狗腰和肩膀形成鲜明的对比。他叹口气，练坏了。

“你在说什么？”碰拳的时候，对方问起他这个问题。他犹豫一瞬：“健身房练的吧，别找私教。太瘦，抗击打能力不够，不练腰，会影响发力的。”

他惊讶地发现对手的表情中多了几分怒气，现在的年轻人果然听不进前辈的建议啊。

裁判吹哨，比赛开始。

和他预料的一样，虽然全程采用防守姿势，对手的拳头如雨点般落在他的身上，其中有几拳甚至击中了他的下颌。但对方的力量太差了，甚至打不动一个四十八岁的中老年人。

周江掐着秒数，防守，躲避，时而出拳，拳头砸在对手的肌肉上，玻璃碴儿在上面划出道道血痕。观众席上传来零星的欢呼声，他们看到他们想看的了。

两分半，三分钟。在一次交手的间隙，他朝对手投去只有他们俩才能明白的眼神，对方心领神会，低位鞭腿，砸在他的小腿上，有一点点酥麻。周江借势倒在地上，抱住膝盖，痛苦地哀号起来。对手骑上他的身体。

单臂夹颈，肩抵喉部，他在用全身的重量往肩膀的位置发力。肩绞，这我可吃不消。周江连忙敲击他的小臂，在锁上之前，他必须投降。大脑的缺氧时间超过三十秒，就可能留下不可逆的后遗症。

时间在这个经典的降伏动作中被无限拉长，周江想起阿里，那个脚步像蝴蝶一样飘逸的男人，拳击场上的剑客。因为头颅遭受过多重击，他四十几岁就患上了帕金森病。帕金森啊！这意味着他的晚年将有语言障碍，大小便失禁，衣领上终日散发着口水的腥臭……他打了个寒战。

这一幕落在裁判眼中，但他并没有上前阻挡，反而转头面向观众席，摆动手臂，调动起观众的情绪。

“你是 DJ 还是裁判？”被勒晕之前，这是周江脑海中最后的一个念头。

醒来的时候已是晚上十一点，休息室里的灯关得只剩一盏，老陈那张苦瓜脸直愣愣插在他眼前。他望向桌面，那里躺着一只信封。

“你惹人家生气了？”

“我只是教了他几招而已。”周江从折叠椅上坐起，接过信封，数起钞票来。

“我早就说过，在八角笼里少说话，好好演。”老陈发出不满的鼻音。

四十九……五十张。周江将钞票分成两叠，摆在桌面上，犹豫了一会儿，拿起厚一些的那叠，递给老陈。

“这么多？”老陈有些惊讶。

“给他们买药的钱，你兜里应该也不多了吧？”周江从挂钩上取下外套，在镜子前仔细地擦拭脸上的血渍。他从外套内兜里掏出手机，点亮屏幕的一瞬，他汗如雨下。

一个未接来电意味着抱怨，两个意味着训斥，三个意味着冷暴力……如果有得选，他宁愿上台去打泰森，也不愿看见二十七个未接来电——“老婆”。

生活里有很多看似无用的东西，比如一本崭新小说上的腰封。但有时候，腰封可以决定一本书的命运。在书店里看见那本书的时候，周江感觉到灵魂深处的某个开关被拨动了，他差点在那一刻流下眼泪。

世界上为什么有这么懂我的人？

作者是伊坂幸太郎，书的名字是《恐妻家》，腰封是这样写的：

“死亡并不恐怖，但想到一不小心死掉，妻子会生气，我就有点害怕。”

坐在末班巴士上，周江的脑子里不断回响着这句话。妻子和泰森的形象在他的眼前交替，那蔑视一切的目光，核弹爆炸般的重拳……这样对比起来看，妻子的模样倒和泰森有几分相像。

推开门走入客厅，周江试探性地发出一声悠长的叹息：“还是家里舒服啊。”果然，他没有得到回应。

零度，人类用来感知危险的那根神经绷得笔直，这里的气氛是零度。他看向客厅，电视没开，妻子坐在沙发上一言不发。他再次自言自语道：“拳馆今天还挺忙的。”

拳馆是他退役后和师兄弟们一起开的，老陈也占了些股份，教的是散打，也教咏春。前几年不知怎么回事，几乎每周都有戴着眼镜的学生仔来问咏春。眼看着拳馆的生意越来越差，他只好硬着头皮在网上找视频，学起了咏春。

只是咏春也救不了拳馆的生意，他的收入大部分都来自黑拳。他想这毕竟是违法的事，便没告诉家人，一瞒就是许多年。

“坐吧。”妻子说，“聊聊。”

当你的妻子面无表情地让你坐下来聊聊，这种情况就等同于填满子弹的左轮手枪顶住你的太阳穴。他拍拍屁股上的灰尘，在妻子身旁坐下。该说些什么好呢？脑子里闪过三个冷笑话，他决定一个都不说。

在不恰当的时间开玩笑也是自杀式行为。

“你的日子倒是挺好过的，每天在外面混到这个点才回家。”妻子从鼻腔处发出不屑的冷笑，周江的心跳差点停摆。他抓抓后脑勺：“这又是哪来的话呀。”

“我说，拳馆的股份，能卖了吗？”

不是第一次了，妻子开口让他卖掉拳馆的股份。每次都有不一样的理由。如果可以的话我倒是想卖，周江想。但是估计也没人愿意接手。

“出什么事了？”

“浩浩今天打电话给我，哭了。”妻子的语气忽然变得柔和起来，只有提到孩子的时候她才会这样，“被人瞧不起了，那女孩的妈打电话给他，让他准备好一套一百五十平的房和五十万彩礼钱。”

周江倒吸一口凉气，妻子继续说：“我倒是想过，把咱们这套给他，咱们出去租房子住，但是人家不乐意。这套房太小了。”

“非她不娶？”

“青梅竹马。”妻子语气一转，“我也挺生气的，但说到底咱们挑不出理来，这都是男方应该做的。”

男方应该做的，这句话稍微翻译一下，可以理解为“男方父母应该做的”。周江朝走廊看去，儿子的房间紧锁着，似乎从十几岁的某一天开始，他的房间就再也没有对他打开过。

“能想办法借到吗？”妻子说，“我从来没有看过他这副样子，如果这次我们不能帮他，我怕这事会成为他一辈子的阴影。”

小孩太脆弱了，有太多事情可以摧毁他们。周江想起儿子上初中的那一年，有几天回家时他的衣服总是脏兮兮的，在妻子的再三追问之下，儿子吐露真相——他在被几个同年级的混子欺负。他说出这件事的时候很不乐意，表情看起来就像是自己做错了什么事一样。

回家以后，他看着伏案写作业的儿子，拼命地挤出和善的微笑，就像儿子小学时候学托马斯小火车的腔调，他装出朋友一般的语气："浩浩，要不要跟爸爸练拳？"

"不要。"

…………

"三个月吗？我来想办法。"周江从沙发上坐起，探询般地望向儿子的房间，"我去和他聊聊？"

"嗯。"妻子点头，"说话注意点。"

5

文员。要求拥有本科学历，熟练使用 office 办公软件，拥有两年以上工作经验……

——周歆浩将界面划到待遇一栏，两千五百元每月，单休。他摇摇头，切进下一个界面。

地产销售。你想挑战高薪吗？想成为人生赢家吗？我们不要求你高学历，不要求你有工作经验，只要你有一颗年轻敢拼的心！年轻人，来吧，让我们一起冲！月薪十万不是梦！

“这种标注月薪十万的工作，其实还有一句潜台词：‘也可能为零。’”周歆浩放下手机，对友人说道。

夏日的午后，两个二十几岁的大男人一起躲在KFC吹免费空调。什么都没有点，就差找服务员要二十包免费的番茄酱，蘸自己在外面买的馒头。

黄轩今年二十五岁，有两个小孩，一套房，扣除五险一金后，工资净入三千七，房贷每月五千，他是如何活下来的这个问题可以列入世界十大未解之谜。他是周歆浩最好的朋友，因为他的状况比周歆浩更惨一些。

这件事情说起来很奇怪，哪怕自己的境况再惨，看见身边的人过得比自己还糟糕，心中都会有种难以言喻的宽慰。从友人的不幸中获得安全感，人类的本质还真是邪恶。

黄轩坐在对面，似乎正在浏览视频网站。桌上的手机里忽然传来一个激昂的男声：“那些口口声声，一代不如一代的人，应该看着你们。像我一样，我看着你们，满怀羡慕。”

即使是这种时候，听到这个声音也还是很想笑啊。

扑哧。黄轩笑出了声，周歆浩指着他，用力地笑起来。直到邻桌的女孩递来异样的目光，二人才收起笑声。

两个关系极好的朋友之间，总有一些彼此才懂的梗。

周歆浩看向窗外，日光几乎要把地面晒化，想要迈开腿，他又有些畏惧。“你说什么工作，能让我在三个月里赚到一百万？”

“按说刑法上是写了的，但这个数额太大了。何况到这种时候，也来不及了啊！”

周歆浩看了看手机，时间是两点半。黄轩得去单位上班，他也得去找工作了。这样想着，他站起身，向黄轩告别：“奔涌吧！”

“乌拉！”

走出空调房，他花了半分钟才适应外界的温度，“这是超过人体承受极限的温度啊。”他自言自语道。但他立马回过神来，友人已经离他而去了，一个人吐槽，会被人当作神经病的。

是啊，刑法也帮不了我，但我还是出来找工作了。

他想起半个月前父亲走进他卧室时的情景，他蹑手蹑脚的样子看起来蠢毙了。

6

“浩浩。”他拍拍屁股上的灰，在床沿坐下。

周歆浩丢下手中的小说，有些不耐烦地看向这个中年男人。他又能说些什么？无非就是一些不痛不痒的话吧，自己活得像条狗一样，却总要在儿子面前装作一副人生导师的样子，这种语气令人厌恶。

“你的事情，妈妈跟我说了。”

又是妈妈，似乎离开“妈妈”这两个字，他就不知道该说些什么。周歆浩的怒火越涨越高，他想起一件事情。

那是初一入学时的事情，仅仅因为在厕所里不小心撞到了隔壁班同学的肩膀，他被那几个坏孩子欺负了半个学期。

他们在他的座位上放图钉，故意踩他的白鞋，当他们发现这一切都不奏效的时候，他们气急败坏地把他堵在学校后门的巷子里，狠狠地揍了他一顿。那是他第一次向父亲求救，但他得到的回答只是一句敷衍：“要不要跟我练拳？”

他看向床沿处的父亲，心中的那句话呼之欲出，但最终还是将它咽了下去——我真正想要的，是你用拳头保护我。而不是像个懦夫一样躲在家里，用嘴说服什么都没有做错的儿子。练拳能解决什么问题？它连你自己的问题都解决不了。

“要不要试着去找找工作”这句话和“要不要跟我练拳”的性质没有区别，都是敷衍和逃避。父亲说：“我想，她想要看到的或许不是你在一夜之间拿出一百万，而是你真正地开始努力了，像个男人一样为了生活打拼。”

又来了，周歆浩终于憋不住了，他怒吼道：“像个男人一样？你认为你自己算是个男人吗？我这个年纪，有几个人靠自己买房的？彩礼？你以为这是什么时代？没有父母帮衬，几个人能靠自己拿出这些钱？”

父亲的表情僵住了，就像在切换笑容的时候被按下暂停键。这场对话就这样无疾而终，就像当年那几个欺负他的孩子，校园霸凌的戏码玩腻之后，也不再找他麻烦。他们只是把他当作一个玩具而已。

7

烈日炙烤下，周歆浩的思绪被额头上落下的汗水打断。这里离他要去面试的公司还有两个街口，他舍不得打车。他擦拭着额头上的汗，加快脚底的步伐。

在即将到达公司所在的大楼之前，他经过一家便利店。看见便利店门口的招牌，他忽然想起一件被他刻意逃避许久的事。

那是上个周末的晚上，母亲吃完饭以后久久坐在餐桌旁的椅子上，她是藏不住事的人，没等周歆浩开口询问，她就对儿子说：“浩浩，你爸爸可能出轨了。”

如果换在以前，周歆浩立马会笑出声来。怎么可能？不可能会有人看得上这种又穷又丑，还有点秃顶的中年男人。但那时，母亲的话让他产生一种不好的联想。

“为什么会这样说？”他刻意装作吃惊的样子，“他应该不可能做这种事的吧。”

“这个礼拜，他每天都回得很晚。”母亲的表情有些落寞。“虽说是拳馆忙吧，但他也不至于不接我的电话啊。他每天都一副很累的样子，就连和我说话也像是在敷衍。”母亲的声音哽咽了，“我感觉……他不爱我了。”

周歆浩正端起水杯喝水，差点被一口水噎翻过去。

“你想多了。”他站起来，拍拍母亲的肩膀，“相信我，不可能。”

不论怎样，他必须先稳住母亲的情绪。在这个家庭中有一项共识，激动的母亲能做出任何事情。他曾亲眼见过母亲拿起菜刀追着父亲跑，因为他藏了一百块私房钱。

相比起来，保守秘密的人比被隐瞒的人要痛苦得多。他无法不去将母亲的话和他前天晚上所看见的画面联想到一起。为什么偏偏要让他看见？

那天晚上，他从网吧出来，漫无目的地在街上走着。在市中心的一家便利店门口，他看见了父亲的身影。他并不是一个人。

他身边有一个身材苗条的女性，从背影来看是个年轻女孩。她穿着一条在大腿处开衩的碎花长裙，保守中带着诱惑，走起路来不时露出白皙的大腿。

父亲和她靠得很近，两人有说有笑，经过便利店，又左转进旁边的小巷。那条巷子里没有路灯，黑魆魆的。周歆浩睁大双眼，他惊讶极了。

我的父亲，是那种会在深夜和年轻女孩一起走进小巷的男人吗？他忽然发现，自己似乎从未了解过父亲。虽然他没有钱，但身上有某种吸引年轻女孩的特质也不一定。难道是秃头吗？

他曾在网上的一篇文章里看到过这样的话，说现在的某些年轻女孩对秃头男子有特别的兴趣。似乎是因为镜面状的物体能提高人体的多巴胺分泌速率，他搞不清。

为什么自己没有继承到这种东西呢？他下意识地摸了摸脑袋。

但不管这种特质是什么，都让周歆浩痛苦万分。

8

半个月前。

拳馆租在市区一栋破落的商业楼中，大楼的生意惨淡，租金倒是不高。占据半层面积的拳馆，一半是员工的居住区，一半是训练区。训练区看起来有些不伦不类，中央摆着个八角笼，周围却扔着一堆木人桩，这也是当年咏春热的遗留产物。

站在八角笼的入口处，老陈整理着白色唐装的上领，用轻蔑的语气给出他的答复："你怕是疯了吧？"

"我要当拳王。"两分钟前，周江拿着地下拳王争霸赛的海报冲进拳馆，激动地对老陈说出这句话。"我要打比赛！"

"我想试一试。"周江不依不饶地说，"我还有劲儿，能打。"

老陈说："拳怕少壮，你见过四十八岁的拳王？阿里退役之后，当年的训练师向他发出挑战。因为按不住心中的傲气，他接受了对方的挑战，结果你记得吗？那是阿里这辈子摔得最惨的一次！那是阿里！"

"我知道，但这只是黑拳。教练！我们是体工队的！我们是正规军。"不自觉地，周江叫出许久都没有叫过的称谓，老陈曾是他的教练。他忽然想起来，在打假拳的时候，他似乎从未叫过这两个字。

黑拳和正规赛事不同，由于收入的巨大悬殊，黑拳选手们大都没有条件进行正规的训练。所有有关黑拳选手的传说都是假的，在真正的搏击赛事里，他们根本不具备和正规拳手竞技的能力。

“这是哪一出？你很缺钱吗？”老陈接过海报，上面的奖金数字大到夸张。他正准备继续训斥周江，身后却传来另一个声音，两人看向来人的方向。

看见这个人的一刻，周江连忙朝他的方向走过去。他绕到对方身后，一手端住轮椅的后缘，从这个角度俯视，对方的寸头黑白参半，一身肥肉堆在跨栏背心的间隙，和教练一样，他也老了。

“师兄。”周江说，“还没睡吗？”

他的外号是“重炮”。一力破万法，这个男人曾以刚猛无俦的重拳闻名业界，只要让他的拳头接触到对手的脸颊，没有人能撑得住一拳。可现在谁又记得呢？一次巨大的伤病让他永久地告别了搏击运动，并且失去了行走的能力。在搏击运动里，这算轻伤。

毕竟他还没有瘫痪在床。

“睡不着啊。”重炮师兄抚摸着自己的膝盖，二十年前那里少了一块半月板。“我听你们好像在叨叨拳王什么的？谁要打比赛？”

“我。”

“你？”师兄的语气中带着疑问，但他竟出奇的没有惊讶。

“是的。”

“打啊！太好了！”师兄激动极了，见他双手撑住轮椅，似乎准备从椅子上跳起来，周江连忙按住他的肩膀。“打什么？散打还是UFC规则？”师兄问。

“UFC，但也算不上吧。”周江和老陈交换一个眼神，“就是不那么正规的UFC规则，乱打。”

“你以为我不知道？”师兄惊讶道，“老陈天天领着你出去打黑拳，这帮师兄弟里有谁不知道的？”

周江再次和老陈交换眼神。他交给对方的眼神中的潜台词是：“难道不是你自己说的吗？谁也别告诉。”老陈的眼神告诉他：“我最多只告诉三个人。”周江重重叹气，超过一个人知道的秘密都是不保险的。

“早该打比赛了，好好打个金腰带回来。让这些外行看看咱们的实力。要打就打最厉害的嘛！师兄支持你！”说完，师兄又皱起眉头，他将手伸向身后，摸摸周江的腹部，“不过，你这个状态也太差了吧。”

你也不看看我今年多大，周江腹诽道。

“那就这样定了，老陈，什么时候开打？咱们给他定个训练计划。”不待老陈回答，师兄又转过头，“还有，要打UFC的话……你好像没怎么练过地面技吧？我去找人！就找你那个李师兄，让他陪你练！他当年不是偷练过巴西柔术的吗？”

如果说搏击运动是人类利用身体进行战斗的艺术，UFC则是这门艺术的极致，它几乎包含了所有搏击运动的技巧内容。UFC的技术可以粗略分为站立技和地面技两个领域，周江年轻时练的散打只是站立技的一部分，而想要赢得比赛，地面技是必须掌握的技巧。

“可以。”老陈叹了口气，“但这是一场比赛，你不能低估他们的实力。不能像以前一样，按自己的想法乱来，每一场都得听我的决策。”

“知道啦。”

第二天，师兄将李师兄找来了，他在小区楼下开了两家麻将馆，每天能收几百块台费，算是师兄弟里活得最滋润的。走进拳馆的时候，他手里拿着一个印着小猪佩奇图案的保温杯。

“我这个五宝茶，里面有枸杞、人参……”李师兄压低声音，“找老中医配的，对肾好。秘方！”和几人一碰面，李师兄就炫耀起了自己的养生心得，而老陈和重炮师兄似乎都对此颇有兴趣。

于是，在三人交流心得的同时，周江的训练计划开始了。每周除了三天的技术训练之外，其余四天都排满了体能和力量训练。

三十几年了，一想到师兄和教练的魔鬼式训练，周江仍忍不住瑟瑟发抖。那是教练数十年执教生涯的智慧结晶，将有氧和无氧运动完美地结合，在榨取受训者体内每一分能量的同时，又能做到不影响肌肉的自我修复效率。

周一下午，在师兄的监督下，周江做 HIT[①]。每当四十八岁的他露出一丝疲态，放下手中的长鞭，师兄那如同狮吼般的咆哮就

① 高强度间歇性训练。

会在场馆内响起。

周二晚上，是耐力训练。他必须在老陈制定的配速下跑完十公里，得益于科技的进步，老陈坐在拳馆也能用智能手机监督他的速度。

“为了我的儿子……为了我的崽儿，我必须坚持下去。”为了让自己的注意力从胸腔被撕裂般的疼痛中转移，周江胡思乱想着。现在是晚上十一点，街上的行人不多，这是夜跑的好处，没有人会向这个老头投来异样的目光。

跑过市中心的小型立交桥，他忽然被街角处的景象吸引了注意。那里停着一辆白色的小轿车，几个年轻人站在车旁，大声嚷嚷着什么。他低下头，加快步频。

“你干什么？”经过小轿车的时候，他听见女人的呼喊声。这声音听起来像是呼救，他不由得停下脚步。小轿车的副驾驶车门朝他的方向敞开，一个年轻男人拽着女孩的手臂，正试图将她拽进车内。另外几个人在旁边抱着手观看，有说有笑。

如果就这样跑过去的话，什么事也不会发生，就当作没有看见好了。这样想着，他又低下脑袋。但就在他低头的刹那，女人的声音再次响起：“救命啊！救命！”

他抬起头左右看了一眼，街上没有其他的行人。他再次停下，抬起手，食指缓缓地指向自己，“你在叫我吗？”

女孩恳切地望着他点头，那种眼神分明是在向他求救。与此同时，几个年轻人的目光也落在他身上。穿着打扮也好，行为举止也罢，不管从什么角度去看，这几个人怎么也不像正经市民。

“喂，老东西，少管闲事。”虽然对方没有开口，但他接收到了这个信息。在擂台上，这样的眼神他早已司空见惯。“这么大年纪了还打个屁啊。”“几十年前的拳王有什么值得炫耀的。”那些观众和对手，他们或许都是这样想的吧。

老家伙们都该谢幕啦。

“我不知道你们有什么问题。”周江摘下脖子上的毛巾，擦擦手，走过去，“有什么话好好说嘛，路过的人还以为你们当街不轨呢？”

“关你屁事？”其中一个年轻人喊道，他的手指指向周江的面门。周江条件反射般地后撤一步，对面传来一阵哄笑。

“小心别摔着啦，我们可不负责。”

“是不关我的事，但她对我喊救命了。”周江指向女孩，对方的眼神有些躲闪，“她喊我了，我就要管的嘛。”

“你拿什么管？”说话的是刚才拽女孩的人，他扬起下巴，足足高周江一个头，“老东西，你拿什么管？”

“我……你们要是继续这样，我就报警了。”

“你试试？”对方上前一步。

四个人，其中两个人站在车后，另外两个人相隔一米的距离，不像是携带着武器的样子。场地很大——周江目测着马路的宽度，只要不陷入被围攻的境地，能打。

试试就试试。

话音未落，其中一个人已经走过来了。在对方抓住他的衣领之前，他侧出一个微妙的幅度，让对方扑了个空，他顺势抓住对方的头发，抬起膝盖，脆弱的鼻梁和他的膝盖产生撞击，好像有什么东西断了。

剧烈的疼痛让对手在一瞬间晕厥，他没有冒进，反而拉开身位，微微俯身，重心压低，将右拳置于脸颊旁防守，左拳伸出，和右拳形成一条线。他感受着夏日里柔软的柏油路面，这种触感让他感到许久没有体会过的安宁。

其余三人都惊呆了，没有人能想得到这是一个秃头男子能做出来的反应，但他们的惊讶只维持了几秒钟，车后的两人绕过轿车，走到周江面前。

“压低重心，找机会，躲闪。先躲闪，然后还击。”他隐约听见三十年前传来的声音，那是还不是那么老的老陈对初出茅庐的小周的赛前教导。他说好的教练，他压低重心。

躲闪，还击。勾拳正中面部，KO[①]。没有经过抗击打训练的普通人，只需要一招就能让他们失去行动能力。其中一个人倒下了，但另一个人还在向他冲过来，他沉心静气，观察着对方的动作。

他扭动腰肢，他的右腿成为武器。柔软的，无坚不摧的，鞭腿。

“啪！”鞭腿击中对手，漂亮的弧度。

他跨过对手的身体，看向最后一个年轻人。对方深深看了他一眼，不顾几位躺在地上的同伴，绕回主驾驶，开车离去。

---

① 击倒。

“你……你……你……”女孩捂住嘴巴，吃惊得说不出话来。周江忽然很想说一些帅气的台词，但好像这些话都和他的形象不太匹配。

“他们为什么找你麻烦？”

“我不愿意和他在一起了……他不同意……”听到这里，周江擦拭额头。原来是自己搞错了状况，但她为什么要喊救命呢……

“你可以送我回家吗？”女孩眼睛一亮，“不远的。我很怕他，他有时候会在我家楼下堵我。”

周江掏出手机，十二点了。手机上竟然没有妻子的未接来电，她怎么了？无边的恐惧忽然攫住了他，她竟然没有给我打电话！肾上腺素的作用逐渐褪去，他开始流冷汗。

只有一种情况，她生气了，很严重地生气了。

“可以麻烦你吗，叔叔？”

“啊？”他支吾着，“可是……”

“不远的。”女孩比画着，“就在那边。”她指向不远处的一家便利店，里面亮着白色的灯光，“就在旁边的巷子里。”周江犹豫了一会儿，心想送佛送到西，迈开脚步。

“你怎么会被这种人缠上的？”什么都不说也会显得奇怪。

“他是我的高中同学。”女孩的声音变得有些唏嘘，“也是我的初恋。他没考上大学，高中毕业后就走上了歪路，给一些非法的地下赌场看场子，说白了就是打手。我一直劝他别干这些事了，他始终不听，于是我就向他摊牌了。但他好像觉得我是在开玩笑。”

周江想起自己的儿子，这么看的话他和这个坏小子倒有些相似。年轻的男孩总听不懂女孩的话，不知道她们哪句话是真的，哪句话是假的。即便最糟糕的情况发生时，他们也以为对方只是在开玩笑而已。

“所以，他就一直在纠缠你吗？”

“是啊，他还说，只要我和别人谈恋爱，他就把那个人打死。简直不可理喻！”绿灯亮起，女孩率先走过斑马线。

是本能吗？下一个想法在突然间产生，周江也不知道它为何会出现在脑袋里。他曾为此笑话过妻子，她把每一个年轻漂亮的女孩都当作未来的儿媳妇。但此刻，他变成和妻子一样的人。

“我有一个儿子，年纪和你差不多。”想法转变成语言，从他嘴里脱口而出。

我会为儿子赚一百万，但他不一定非要找那个青梅竹马。“噢？是吗？”女孩的语气有些暧昧。

接着，周江说起儿子的事。这段路如女孩所说，并不长，他刚把儿子的故事讲到一半，便走到了巷口的便利店。

走过便利店门口时，周江感觉脊背有些发凉。

9

总有一些看起来像是三流小说里的剧情，就这样猝不及防地发生在你的生活里。当周歆浩把这件事告诉黄轩时，对方手中的可乐瓶落在了地上："不是吧，阿Sir，这也太巧了。"

他们正坐在母校对面的甜品店里。

"虽然那天没看见她的正脸，但我能确定她就是那个女孩，不仅是因为那条裙子。"周歆浩说。

"你的意思是，你再次遇见了你老爸的出轨对象？"黄轩咽了口唾沫，"而且你手机里还有她的微信？"

摆摊的建议是母亲提出来的："国家现在不是鼓励自主创业嘛，找不到合适的工作，也可以考虑摆摊啊。我有个朋友在步行街卖衣服，听说多的时候，一晚上能赚一两千。"

听妈妈的话像是根植于周歆浩血液里的惯性，得到母亲的建议之后，他不假思索地展开了摆摊计划。他选定的项目是在大学城街面上卖五块一杯的奶茶，但他从来没有过制作奶茶的经验。

为了学习技术，他在市中心的一家奶茶店找了个临时工作。

就在他入职的第二天，那个女孩出现了，她穿着那天晚上穿过的碎花长裙。看见那一双修长的腿时，周歆浩捡起桌上的抹布，擦了擦眼睛。他确信这就是那个女孩，让他爸爸深夜不归的人。

"那后来呢？你是怎么加到她的微信的？"黄轩继续追问。

"她每天都会去那家店里买奶茶。"周歆浩摇摇头，说道，"每天都点同样的东西，有时候一个人坐到很晚。"

"好了，别说了。"黄轩摊平手掌，"我已经嗅到了恋爱的酸臭味。无非就是她落下了什么东西，或者你打翻了奶茶杯之类的烂俗桥段，对吧。"

确实。周歆浩笑起来。

“那怎么办？你问过你爸吗？”

“怎么问？‘爸，你是不是出轨了’？”周歆浩说，“这种事情，做儿子的一般得装作不知道吧。”

“我的意思是——事情不一定像你想的那样。可能出现了什么误会，导致让你以为他们是那种关系，也许只是一个巧合。”

这就像一个不可能复原的盲盒，你打开它，里面有可能是蛋糕，也可能是一坨屎。周歆浩想，没有人愿意面对一坨烂屎。他说：“那之后呢，如果事情真是这样，那我怎么说？”他喘口气，无奈地继续说，“拜托，那是我爸，我爸啊！你能把我爸和这种女人联想到一起吗？她难道是学拳的？”

黄轩拉高声音，捏着嗓子：“你可以这样说：‘爸，你已经有一个老婆了，我还没有，能不能让我一个啊？’”

“滚。”

黄轩的话让周歆浩再次陷入怀疑之中，他和那个女孩接触过几次，她怎么看也不像是那种会插足他人婚姻的女孩。而相反地，另一种念头使他备受折磨，他和女友分手才这些时日，就在这种诡异的状况中爱上另一个女孩，难道自己也是个渣男？

他甚至不知道该怎么面对父亲了，尽管他们本来就没有多少交流。

不管怎样，时间快到了。他从座位上站起，走出店铺，在黄铜招牌处察看自己的发型，用手指梳理着几缕乱糟糟的刘海。黄轩从店里跟出来，不无嘲讽地对他说：“乌拉！”

太奇怪了。

这算得上是约会吗？在前往电影院的路上，他一直想着这个问题——我捡到她的钱包，为了答谢，她请我看一场电影，这也算得上约会吗？应该是自己想多了吧。如果是自作多情，那我这一身打扮又是怎么回事？

即将抵达电影院之前，他偷偷地将衬衫下摆从牛仔裤中拽了出来。

她今天穿了一件修身的白色T恤，热裤和帆布鞋。奇怪，这不像是她的风格。走向她的过程中，周歆浩尽量控制着心中那匹马，他的心跳开始加速，一双眼睛也不知该往哪里安放。对视会紧张，移开视线显得胆怯，乱看的话会被当作变态，眼神也是一门学问啊。

“你来啦。”女孩背起双手，弓下腰，像是在做拉伸动作。“电影就快要开场啦。”

“抱歉，路上有点堵。”周歆浩挠挠脑袋，“你喝什么？”

这是周歆浩这辈子看过最煎熬的一场电影，他就像个情窦初开的初中生一样，心中千头万绪。他曾对“一见钟情”这四个字嗤之以鼻，但她的出现让他重新相信它的存在。

一片黑暗中，女孩身上清淡的香水味不断飘入他的鼻中，他时而狂喜，时而焦虑，时而哀愁，在情绪的轮转之中，电影结束了。

这是一场爱情电影吧，她为什么要请我看爱情电影呢？别再想了！

走出电影院，已经是下午六点半。

“你说那个女孩为什么要那样做呢？”女孩滔滔不绝地和他讨论着电影中的剧情，当然大部分的时候都是她在说，不然他就露馅了，他压根没看。“太可惜了，真的。”

“是啊，我也觉得。她不应该隐瞒自己的病情。”

“你在说什么？”女孩睁大双眼，“这是哪一段？”

“啊，不好意思，我记错了。”周歆浩连忙转换话题，“六点多了……我请你吃饭吧，你想吃什么？”

“就吃——”她说到一半，声音戛然而止。周歆浩朝她看过去，她正看向电影院对面的马路。他有些好奇地朝那个方向看去，那里站着两个年轻男人。对方似乎也在看他们。

“是你的朋友吗？”

“不是的，我不认识。”女孩的声音有些颤抖，她说：“我有点不舒服，你可以送我回家吗？”

揣着满肚子的疑问，将她送回家之后，周歆浩心中的疑惑逐渐发酵。她为什么忽然间提出要回家？是因为自己做错了什么吗？他开始感到害怕了。有什么东西在挠着他的心，他跟随着街上的人流到处乱走，回过神来时已是晚上十一点。

我决定了，他想。我要知道真相。

说来奇怪，当他做出这个决定的时候，心中的烦闷一扫而空。或许负面情绪和目的是有关系的，当你拥有一个明确的目的时，你所想的只有完成它的方法，也顾不上去胡思乱想了。

父亲之前有时回得很晚，但最近几乎每天都是早出晚归，这不正常。按照他的说法，他每天都在拳馆加班，只要去拳馆看看，便能知道他说的话是真是假。我只是害怕那是一坨屎而已，周歆浩想。打开盲盒是很简单的事。

说起拳馆，自己有多久没有去过了？在青春期来临的某个节点之前，他几乎每周都和父亲一起去拳馆，父亲和他的师兄弟们在那边习武，他对打拳有兴趣，大人们都乐意教他几招，他甚至曾立下过成为职业拳手的梦想。

但他又是什么时候放弃这个梦想的？初中被那几个坏孩子按在地上打的时候，他为什么没有使出自己在拳馆中学到的招数呢？这些问题连他自己也搞不明白。

10

街边一家忘记关闭扬声器的店铺中传来刺耳的女声："四平家电，五一巨惠，满两千送一千，先到先得。"

四平家电，这是拳馆附近的一家卖场。

原来不知不觉间，他已经走到了拳馆的附近。

走进拳馆所在的商业楼时，周歆浩忽然想明白了——是因为父亲吧。是因为讨厌爸爸，所以才会连带着搏击一起讨厌吧，才会觉得打拳解决不了任何问题，打拳只能让人成为废物。

而现在，他再次走进爸爸工作的地方。

拳馆里亮着一盏孤灯，摆设和当年大多相同，只是除了木人桩之外，大厅里多了一个八角笼。他曾听父亲和母亲聊过，这几年流行UFC。

他走进拳馆，训练区里空无一人。和父亲说的不一样，他说这里每天晚上都在上课。他心中一沉，或许事实真如他最坏的猜想。

真是个不可貌相的爸爸啊。

他心灰意冷，正打算转身离开的时候，背后忽然传来轮椅摩擦地面的声音。他回过头，愣了半晌才认出对方的身份："刘叔叔？"

"是浩浩啊，这么多年没见面，都这么高了。"刘叔叔用手推着轮椅，来到他面前，"来找你爸爸吗？"

"是啊。"他想了一个搪塞对方的理由，"我妈说让我来送点东西，我爸呢？"

提到"妈"这个字的时候，他注意到刘叔的表情僵住了。"啊，是你妈啊。今天晚上他在另一个拳馆教课，不在咱们这边上。"

"是这样吗？我知道了。"有问题，刘叔在下意识躲避他的目光。"那我先走了，刘叔。"

"嗯，那你跟你妈好好说，免得她担心。"

他们都在说谎。走出大楼，周歆浩踩上一摊路边的脏水，水坑发出轻微的响声。

原来爸爸也会对妈妈说谎，成年人的世界可真是龌龊啊。

11

周江最近很害怕，因为妻子变得不太正常。

比如说今天，他从洗衣机中抱起衣物，一路从客厅走到阳台——他刻意将两种不同颜色的衣物放在一起洗，放在往日，妻子一定能敏锐地捕捉到这个细节，对他展开一场漫长的抱怨和说教。

但现在，她什么都没有做，她只是坐在沙发上看午间电视剧而已。

不仅如此，就连将茶叶水倒进洗手池，在阳台上公然抽烟，这些在平日中无异于自杀的行为，她也视而不见。周江所有的试探都像石头沉入大海，得不到半点回音，这令他更加焦虑。

“那我出门了？”周江将最后一件衣服晾上晒衣架，走到玄关处对妻子说。妻子瞟了他一眼，点点头。

不对劲，危险的感觉越发强烈。难道她不应该问一句“什么时候回家”吗？她已经不再催我回家了！即便过了晚上十一点，手机上也看不见她的未接电话。她几乎从未这样不正常过，周江隐隐感觉，在她平静的表情之下，正在酝酿一场巨大的风暴。

等我打完最后两场，就能向她摊牌了，周江想。大赛的赛程已过半，他赢得了四场比赛中的前两场，打完今天这一场，再赢一次，他就能得到那一百万。到时候编个理由，中彩票什么的，儿子有了老婆本，或许妻子的心情也能好转。

男人的问题还是得用男人的方式去解决啊，他看向自己的拳头，指节处包裹着黄褐色的陈年老茧。今天也要用它告诉那些年轻人，四十八岁的男人也是男人。

在楼下坐上四路公交车，大约二十分钟后，他来到一家家电卖场门口，今天是休息日，卖场生意惨淡。他走进卖场，沿着安全通道楼梯走下去，在负一层走廊的尽头推开防火门。

是的，擂台就藏在这座家电卖场的地下。

地面铺的是毛坯水泥，据说这是时下最流行的工业风格。头顶的灯管和管道像某种巨兽的内脏般缠绕，他望向观众席，上面坐满了观众。

他们都是来看我的，他想。还有博彩——和正规拳赛不同，地下黑拳的赢利方式单一，只有博彩一种，拳手拿的花红也来自博彩的赢利，这也意味着，观众越多，赌池中的金额就越多，他的收入也越多。

走进休息室，这里竟然有冰柜。他从里面拿出一瓶能量饮料，老陈坐在一旁，脚下扔着包。“今天的对手不容小觑。”他说。

“你每次都这样说。”

“他是打过正经拳击的，步伐和拳法都不错。”老陈说，“你跟他拼地面技。”

拼地面技？就凭我临时抱佛脚学来的柔术功夫吗？周江对老陈的话嗤之以鼻，“我自己心里有数。”

“别再像你前两场那样打了，那样不行。”老陈不依不饶。

“那是我的风格。”

“那是你年轻时的风格。”老陈掏出绑带，替他缠绕拳套。不用往上面粘玻璃碴了，对手也不会。不用破相，真好。

走出休息室，聚光灯点亮，欢呼声响起。他双手合十，深呼吸。这和我年轻时打的比赛一模一样，观众席上坐满了人，他们在等着看我的笑话，而我将会把对手按在地上。每一次。

对手是个三十岁左右的年轻人，这里只有年轻人，除了他之外。他的耳根已经看不出形状了，是个老手。这是搏击选手的特征，常年遭受击打和摩擦的耳部会逐渐变形，痛觉神经也会变得迟钝。

“让我们进入比赛。”裁判兼DJ举起话筒高吼。他用足尖弹压地板，开始兴奋。这不是他能控制的，这具身体在走进八角笼的那一刻，它已开始兴奋。

刺拳，对手在试探。他晃过去，感受着拳头在脸颊处刮起的劲风，风刺痛他的皮肤。他抬起膝盖，在极低的位置踹上对手的大腿，他纹丝不动。他假装露出空隙，意图在对手进攻的一刻还击，对手却主动拉开距离。

和前两次的对手不一样，他是真的。

一分钟过去了，两分钟过去了。身体在发出危险的信号，脑袋阵阵发昏，直到现在为止，他们俩都没有给对手造成真正有效的伤害。试探，不停地试探，对方是拳击选手，他在利用拳击的技术。

而周江的身体，已开始逐渐疲倦。

每一次躲闪都比上一次慢，拳头挥出的劲道也逐渐减弱。他发现对手的嘴角抿着笑容——他知道他的弱点。

他老了，心肺功能比对方差得多，他打不完五分钟。背靠在笼壁上，他苦苦阻挡着对方的拳头。“跟他拼地面技。”他想起老陈的话。

他动了。

晃出两个身位，弓下腰，像相扑选手一般飞向对方。中了！他抱住对方的腰。扑通一声，木质地板发出一声巨响，两人倒在地上。下一步——翻滚！他抓住对方的手臂，用两条腿夹住臂根，双脚锁住对方的脑袋。

关节技。

十字固成形之后，对手每一分反抗的气力都会转化为对自身的伤害。他感受到对手挣扎的力量越来越弱，心中涌起狂喜。锁住了。

第一回合，周江胜。

一分钟的休息时间。

第二回合。

有了上一次的经验，他轻车熟路地跳过试探的环节，从三十秒开始就在寻找把对手拉入地面缠斗的机会。但他惊讶地发现，比起上一个回合，对方变得谨慎了许多。他每一次的试探都被对手用迅速的后撤步化解，而在这个过程中，他吃了不少拳头。

就像下棋一样，每一步都有风险。他尝试抱住对手，便给了对方挥拳的机会。

三分钟了，没有破绽。他含住一口带血的唾沫，啐在地板上。

他的肺快要炸了！每一片肺叶都在疯狂地榨取氧气，但它们已经老了，它们被时间和香烟摧毁了，不可能像年轻人那样呼吸。

决定比赛结果的那一拳，他没有躲开——“你太急了，应该先消耗他的体力。”坐在休息室里，老陈急迫地对他说。他含上一块新的牙胶，老陈继续说：“你看见了，他不会打地面。”

没有机会了，他想。他甚至撑不完完整的第三回合，他的体力已逼近极限。在这里输了，他就可以回家了。教练在教他的是战术，但拳头是他自己的，他知道怎么打。

点头，他离开休息室。

战斗开始的第一秒，他后撤，然后冲刺。他的右拳砸在对手的左脸，对手的拳头砸在他的下颌——嗡嗡作响。

这是周江的方式。二十一岁的周江，从不屑于学习防守技术。从医院出来，被训斥之后，他对教练说，这才是男人格斗的方式。

四十八岁的周江继续冲锋。一只手揽住对方的脖子，另一只胳膊砸中他的鼻梁。一拳，两拳……对手亦如是。他的眼眶受到重击，视线变得模糊，但他能听到观众席上传来的呐喊。

没有人看过这样的比赛。他们在换命。

被抬下八角笼时，对手哭了。裁判举起周江的手臂，他竭力控制着自己全身的肌肉，不能在这个时候昏过去。

“你不应该这样打。”回到休息室，老陈将信封递入他手中。他摸了摸厚度，这场比赛的花红至少有三万块。他从信封中抽出一半，递给老陈，“我没有体力了。”

“会死的。”老陈没有接。

“任何事都有风险的嘛。”他抓起冰袋，敷在下巴上，疼得忍不住叫唤起来。

“如果你不听我的，下一场我也没有必要陪你去了。”老陈说，“你和二十年前一样，不知天高地厚。如果你听我的，你早可以成为拳王。”

人生如果什么事都能用到“早可以”这三个字就好了，那人们就不用让自己活在永远的悔恨中，不断折磨自己。

老陈看着他，这个身影和二十年前的那个人重叠在一起。“正是因为听你的，我才输了那场比赛。”他决定用更加猛烈的方式还击，不知道为什么，此刻他忽然想要伤害老陈，像老陈伤害他那样。

“你掺入了太多自己的决定，也许是我错了，你不适合打比赛。”

“我不适合打比赛？”积蓄已久的情绪在这一刻全然爆发，他甚至忽略了身体的疲惫，他站起来，将手中的信封扔在地上，钱撒了一地。“还有谁能打？拳馆赚过一分钱吗？如果不是我像个傻子一样打假拳，不是我养着这些师兄弟……你们恐怕连敬老院都去不了吧。”

“知道师兄的轮椅多少钱吗？八千！还有那个躺在疗养院里的李波，我的小师弟啊，连自己是谁都不记得！他！每个月两千块！”他大吼道，“所以我连自己儿子讨老婆的钱都出不起！你！我的教练！骗我出来打假拳，赚中介费！你说过要让我们成为拳王，现在呢？”

他哽咽着，一字一字说出最后一句话，发射出枪膛中的最后一颗子弹：“我们成为社会的代谢废料。而我，你让我成了个骗子，成了个打假拳的废物。”

狠话说完，就该马上走开。但他没有力气了，他躺倒在沙发床上，老陈深深看了他一眼，一句话也没说，转身离去。

他没拿钱。

12

人是从什么时候开始老去的呢？当你和旧友见面时，谈论的全部是过去的事，没有一件和未来有关，当你的生活中出现这个画面，你便已经开始衰老了。老人没有未来，年轻人没有过去。

桌上放着几碟小菜，一瓶二锅头。师兄坐在对面举杯，对周江说：“我记得有一年，你差点拿下全国冠军。”

别说了，这一点都不值得怀念。

“你应该去看看师兄弟们。”周江说。这位师兄是从外地赶回来的，听说周江的战绩之后，他第一个找到周江，说是想要叙叙旧。师兄抿一口酒，表情有些奇怪：“我拜访过教练。”

“老陈还好吗？”这句话差点脱口而出，他已经一个月没去过拳馆了。他说：“你这两年都在外面干什么呢？”

“跑场子呗，有时候教点拳，有时候当当裁判。”师兄话锋一转，“你知道决战的对手是谁吗？”

他知道。那个人拿过某个二线比赛的金腰带，在生涯末的最后两年选择来打黑拳。说是生涯末，但还是比他年轻不少。他说：“好像还是个拳王。”

“挺厉害的。”师兄说，“我见过他打拳。”

“是吗？”

师兄不是那种圆滑的人，他的话题转换得太不自然，周江知道他心里有事。他端起酒杯，敬师兄一杯：“师兄，我们之间没有必要这样说话。”

师兄像是松了一口气般，整个人耷拉下来，他犹豫着：“我知道这一块的事都是老陈在管，但我找他的时候，他说我应该来问你。”

周江点头。

“我们老了，不可能打得过货真价实的拳王。”师兄将杯子轻轻搁在桌上，“演一场吧，对大家都好。他给二十万。”

“这才是你说话的方式嘛。”周江笑了起来，“但是师兄，我想要的不是二十万。是一百万。”

“虽说我是受人之托，但他也只是为了规避可能的风险而已。讲实话，你愿不愿意演，对他来说其实无所谓，我是觉得……”师兄说，“你应该接受。”

“师兄，没打过，谁知道呢？”说完，周江喝完杯子里最后一点酒。他说：“我本来不应该喝酒的，明天就要上场了，你来找我，我很开心。但我得回家了，不然就赶不上最后一趟公交车了。”

离开夜宵摊的时候，他埋单。

第二天，他睡到中午起床。妻子不知道去哪了，儿子也是。他从柜子里拿出旅行包，上面印着旅行社的标识。儿子七岁那年，他带妻儿去少林寺游玩，在佛前他许下愿望，要儿子平安顺遂，妻子快乐无忧。

收拾完装备，他来到洗手间，接满一桶水，拿起拖把。他先把客厅打扫干净，然后是儿子的房间，将三个房间清扫一遍之后。他将客厅的窗帘拆下，塞进洗衣机。等妻子回家的时候，会看见这里焕然一新。

做完这些事情，他的心情平静许多。

下午三点半，该开打了——

我必须当面问他——周歆浩想。

就现在。

周歆浩用了十几年建立自己心中父亲的形象，在十几岁时这形象一夜倒塌。他用之后的时间说服自己，这就是我的爸爸。

但就在刚才，甜品店里，黄轩告诉他另一个版本的故事。

我要问他，这一切究竟是怎么回事。周歆浩拿出手机，拨打父亲的电话，他忽然发现，自己已经很久没有打过这个电话了。似乎所有的事情都可以通过母亲传达，母亲是他们之间的桥梁。

电话响了两声，父亲接起电话。电话那头有些吵，他努力分辨着对面的声音：“四平家电促销活动开始啦！”

他在家电卖场吗？

“浩浩？”父亲的声音听起来有些紧张，“怎么了？”

“你在哪儿？”

"在外面呢。"

"我有事情想问你。"周歆浩说。

"现在吗？"

"嗯，我过来找你。你在四平家电吗？"

父亲的声音停住了，过了一会儿，他说："我在逛洗衣机呢。"

"家里那台洗衣机有问题吗？"

"是啊，洗起来……洗起来不得劲。"父亲的声音忽然变小了，他似乎在和另一个人说话，"等等啊，我这边有点事。"

电话忽然挂断——

至少二十个人。周江计算着对面的人数，冷汗从鬓角流下。

"老东西，急着去哪儿呢？"年轻人手中提着一根甩棍，他走过来，啪地一声，甩棍展开，"这个地方太小了，走在街上也能碰见。"

"有什么事能不能等会儿说？"周江转头看向围观的人群，街面上的人将他们围成一个圈。好像没有人有报警的意愿，该死，你们就这么想看年轻人暴揍老头子？

"怎么，你赶着上公园练太极吗？"年轻人将甩棍在另一只手上轻轻敲击着，"这回你可逃不掉了。你再能打，能打得过这么多人？"

打不过。

正当他苦苦琢磨对策之时，忽然看见人群中冒出一个熟悉的身影。他的瞳孔骤然紧缩："浩浩，你怎么来了？"

年轻人露出惊讶的表情，"这是怎么回事？你们俩认识？"

“爸，什么情况？”周歆浩问道，他有些狐疑地看向对方，“你认识我吗？”

“好啊，好啊，你竟然是他的儿子！你们真他妈会玩啊，我的天哪！”年轻人的表情忽然之间变得很痛苦，周江一时有些理不清状况。他问儿子：“你们认识？”

“没见过啊。”周歆浩说，“有些面熟就是了。”他将声音压到只有周江才能听到的程度，“找你的？”

“能跑吗？”

“悬。”周江擦了把汗，“你先跑，有机会报警。”

“不！”——对方提起甩棍，朝他们一步步逼近。周歆浩转过身，用背贴住父亲的背。他活动着手腕，摆出许久都没有用过的姿势。“虽然不知道是什么情况，我可不能让别人当着我的面揍我老爸。”

他用坚硬的胫骨拦住棍子，用另一只手将它夺入手中，扔在地上。奇怪，为什么在学校里受欺负的时候没用出这一招。小混混们一拥而上，他朝着身后大喊：“爸，你是不是出轨了？”

“出轨？怎么可能！”周江一脚踹开一个人，却被另一个人击中，他身子一颤：“那还不得给你妈整死啊！”

周歆浩大笑：“好。”话音未落，一棍子砸在他额头上，打得他差点晕过去。他竭力躲闪着，跳上摆在卖场门口的木桌，捡起一把锁，朝对面扔过去。

周江心领神会，从缠斗中脱身，边跑边打，二十几个混子追着他们绕圈。他和儿子一度分开，在一次攻势的间隙中，他大声说：“儿子，那不是好女孩。你应该换一个。”

“怎么，你给我介绍吗？”

“嗯，爸爸有人选。”

“好啊。”周歆浩只顾着说话，却没注意从背后袭来的对手，他被一脚踹中，跌跌撞撞地倒在地上。他双手抱头，等待着即将袭来的雨点般的拳脚。但他等了好几秒，什么也没有发生。

像个沙包一样，不知道什么时候，周江叠在他的身上。身后传来父亲的呻吟，他用尽全身力气想要支撑着站起来，却徒劳无功。

就像初一那年，被人按在地上。但不同的是，这次有人和我一起挨打。会有人能在挨揍的同时感到安全吗？这也太奇怪了吧！

他所剩的力气，只够他背着父亲在地上打个滚。

打了个滚，两人的位置调换，这回轮到他挨揍了。一脚踢在他的耳朵上，黏糊糊的东西糊满了耳朵，就像身处水中，他听不清外界的声音。

我不会被打死吧，在这个念头生起的同时，他赫然发现落在身上的拳脚渐息。

周江推开儿子，挣扎着爬起。儿子倒在他身旁，双目紧闭，满头鲜血。他想要站起来，膝盖却一软，无力地跪在地上。真是丢人啊，让儿子陪自己一起挨打。

站在那帮人对面的，是老陈。他竟然把师兄连着轮椅一起推出来了。他哑然失笑。

不止他们俩，还有“大圣”老孙，“无天”老江——他现在应该改名为“无发”，“青蛇”老李——他今天没带保温杯……八个人，教练带来了一整个体工队！他看向坐在轮椅上的师兄，师兄对他点点头，和他当年找师兄打私架时的动作一模一样——“没事，有哥在。”

“老陈，被人揍成这样？”老李指着他笑，“要不是哥几个赶来看你比赛，今天这面子可找不回来。”

“什么意思？”带头的混混回头看他，“你找来的人？敬老院联盟？”

周江摇摇头，这些老家伙可够你喝一壶的。

周江放松下来，他摸摸身边儿子的脑袋，缓缓合上双目。

太累了。

13

一个小时前，甜品店。

坐在熟悉的甜品店里，周歆浩和黄轩聊天，他刻意不去提那个女孩的事。他们已经很久没有见过面了，尽管女孩有时候也会发消息给他，但他不知道如何面对她，在他知道父亲秘密的情况下。

“昨天和我爸聊天，不知道怎么就聊到你。我说最近和你走得挺近，他给我说了一件事。”黄轩说，“你爸还真挺能打的。”

“嗯？”

“初一上学期，学期末开了一场家长会你记得吗？我爸说，你爸来开家长会的时候，穿着件紧身背心，一身腱子肉，可猛了！”黄轩继续说，“家长会结束之后，你爸叫住了几个家长，就是刘鑫他们的家长，还凑巧都是爹。”

刘鑫，他记得这个名字。就是这个人，用运动鞋踩住他的脑袋。

“然后呢？”

“你爸说：‘你们的儿子打了我的儿子。”黄轩跳上凳子，“你猜怎么着，我爸就在旁边看。他说那几个人的爸爸都不是什么善茬，也没跟你爸道歉什么的。”

他不知道这些事。

“然后你爸说了一句贼恐怖的话：‘我不能打小孩子，那我来揍你们吧。’”黄轩大声说，“我爸说，你爹当时就是他的偶像！他一个人冲上去顶着四个人揍，赢了！”

这个人……真的是我的父亲吗？为什么我却对这些事情一无所知呢。他没有敷衍啊，他只是在用自己的方式保护我。他根本不是懦夫，他是顶着四个爹干的父亲。

一种逐渐强烈的情绪在周歆浩的心中横冲直撞，他想，他应该去打开那个盲盒。走出甜品店，他拨通父亲的电话——

父亲醒来的时候是晚上七点，他先是摸了摸头上的绷带，疼得直叫唤。老陈在病房里守了几个小时，这时候却走了出去。他看向父亲，惊讶地发现对方脸上有一丝恐惧。

“你妈……别告诉你妈！”这是周江醒来后说的第一句话。

“几点了？”这是他的第二句话。得知时间后，他痛苦地扶住眉心，“结束了。”

“什么结束了？”

“没什么……”周江小声叨叨着，“本来还准备了几句帅气的出场白。”

“爸。”周歆浩喊。

“怎么了？”

“教我练拳吧。”

我们彼此陪伴，

走过平行时空里的黑暗。

Chapter 4

/

平行世界爱情故事

1

将最后一碟CD插入书架间隙，从中午持续到现在的搬家工作告一段落。我端起书桌上早已凉透的咖啡，床边的闹钟上显示着今天的日期：2020年4月1日。

窗外升起半弦月。

搬来这家叫和合庄的公寓，是前天做出的决定。说起来它与其他公寓没有什么不同，不过是在一个大鞋盒中做了几个隔断——它原本是个大平层。或许是因为这个颇具古风的名字，或许是因为楼下的花圃让我有种莫名的既视感，总之我一眼就相中了它。

这是个一居室的房间，我的单人床就摆在书架的旁边。冲了个凉之后，我在床上躺下，忽然感到一阵燥热。抬头看，空调在我头顶马力全开。

在晚上十一点喝完一整杯咖啡，不算什么好主意。

我掀开身上的毛巾毯，翻了个身，将背脊贴在床沿的墙壁上，享受着金属的凉意。这是一面中空的铝合金夹板隔断，用手指敲击的话能听见“咚咚咚”的回音。虽然一度怀疑过它的隔音效果，但房屋代理人告诉我，隔壁并没有住人。

也许是白天太过劳累，注视着床头柜上电子闹钟的绿色荧光，我很快摆脱了咖啡因的影响。半梦半醒之间，那个声音响起了。

“咚……咚咚。”

先是一声轻响，然后接连两声。这种富有节奏感的声音连续重复几次之后，我终于意识到，自己并不是身处梦中——有人在敲击我背后的隔断。住在隔壁的人也睡不着吗？我睁开眼睛。隔着窗户我看见外面的景色，三十七楼的高空只能看见虚无，窗帘在微风的吹拂下轻轻飘舞。

不对！我睡前不是把窗户关上了吗？

转而我意识到另一个恐怖的事实，房屋代理人曾经对我信誓旦旦地拍板，隔壁这间屋子由于常年漏水的原因，已经闲置了好几年。既然那里没有邻居，我刚才听到的声音是什么？

声音仍在持续着：“咚……咚咚……”

我确信这是敲击墙壁的声音，有什么东西正在和我一墙之隔的屋子里，轻叩着这面弱不禁风的隔断。我感觉到右侧小腿的肌肉正在缓慢地收束，从小到大，每当我紧张的时候，它都会抽筋。

那个声音唤起了我身体里沉睡的咖啡因，和它一起捶打着我的心脏。我越来越热了，可我不敢翻身。我以这种奇怪的姿势俯贴在床垫上，忍受着小腿处传来的疼痛。

忽然，敲击声停止了。约莫过了二十秒，一个女人的声音响起：“有人在吗？”现在看来，这个隔板不能用隔音差来形容，它几乎不具备隔音功能。

有人住在那边吗？难道租房的人骗了我？这样的念头一闪而过。我浑身的肌肉松弛下来，无论是什么，只要是人就好。“你是……

谁？”我说。

说完这句话以后，对面并没有立刻传来回应，又过了大约半分钟，她说：“抱歉打扰到你，我睡不着。”她没有回答我的问题。

“没事，我也睡不着。”我看着床头的闹钟，这次她的回复在二十七秒之后。“我很孤独。”她说。

一般人会对刚认识的人说“我很孤独”这种话吗？她的回复让我有些惊讶。我思考了一会儿，说道：“为什……”我的话还没说完，被她的话打断了。

“每天早上，我都坐七点半的777路公交车上班。这班巴士我坐了一年半，我记得这趟公交车上每一个旅客的脸，却没有和他们任何人说过话。我很久没有和别人聊过天了。”

在租房之前，我曾经了解过和合庄所在的小区。这个小区地处城市边缘，地铁两年前才通至这里，我也是考虑到这一点，才会选择租下这套房子。既然有地铁，她为什么会坐公交车呢？

“你是谁？”我的声音还没落地，对面的声音响起：“你也……很孤独吧。”

我也……很孤独吗？

我发现了一个奇怪的规律，她每次说话的间隔都在半分钟到一分钟左右，一旦超过这段时间，无论我有没有作答，她都会再次开口。这是为什么呢？

或许她说的没有错，就拿我不知道怎么和女孩聊天这一点来看，我也是个孤独的人吧。我给了自己十秒钟犹豫的时间，说：“我叫张一，很高兴认识你。”

“晚安。”她说。

那天晚上她再也没有说过话。我一直在等她。

2

“应该说是违和感吧。”从电梯口走出来，我一头撞上前台的笑脸，她那副微笑看起来就像是长在脸上似的。我朝她点点头，她打量了我两眼，或许是心理作用，我感觉她看我的眼神有点奇怪。

和我一起走出电梯的，是我在这家公司里唯一称得上朋友的同事。他的名字叫张天行，说起来还是我的本家。“她和我的对话充满违和感，比如我对她说‘我叫张一，很高兴认识你’，她怎么也应该回一句自我介绍吧，可她就这样‘晚安’了。”

“也许她只是突然对你丧失了兴趣，你这句自我介绍也太低级了。”张天行的话一下把我的心拎到嗓子眼，我竟然会为这事而紧张。他忽然停住脚步，侧耳听着公司天花板上传来的歌声。

“放点别的吧。”他走向前台柜，对后面的女孩说，女孩脸色一红。他自顾自地操作起电脑，切到另一首歌。前奏响了几秒，他直接拉到副歌的位置。

“想见你只想见你，未来过去我只想见你……”扬声器中传来一个略带港台腔的男声。张天行走回我身边，说：“这是现在最流行的歌。”

“我没听过。”

“所以说，女孩才会对你丧失兴趣嘛。”他换了个语气，“这是一个电视剧的主题曲，讲的是平行世界的爱情故事。”

“平行世界的爱情故事？听起来好烂啊。”我在自己的工位上坐下，顺手打开电脑，昨天没处理完的文档还挂在屏幕上。我的工作是职业编辑。说好听点是编辑，说得不好听，就是个错别字和语病处理工。天知道这些作者是怎么写小说的，有些人连“的地得”都分不清。

张天行双手撑在我的椅背上：“你有没有想过，你的房产中介没有骗你，你的隔壁确实没有住人？”

“怎么可能？”我真切地听到了她的声音，那不可能是梦，也不是幻觉。我打开手机上的录音软件，给张天行再次播放。“我录下来了，她的声音。”

这是我的个人癖好，我有收集白噪声的习惯。我手机上的录音软件是默认全天开启的，恰好录下了我和她的那场对话。

“每天早上，我都坐七点半的777路公交车上班……”我按下暂停键，对张天行说：“她是真实存在的，你也能听见不是吗？”

“我的意思不是这个，我也相信她是个活生生的人……我在想的是，有没有可能，她和你并没有身处在同一个时空？”

这就是我能和张天行成为朋友的理由，他是这样天马行空的人，虽然我不愿意承认，他和我在某些地方极为相似。有些话你对一些人说，他们会以为你是神经病，但另一些人会说：“你是个天才。”

“你是个天才！”我赞道，“可是为什么？”

“听过你们的对话之后，我发现了一处值得推敲的地方。”他说，“你以为她是个怪人，她不懂礼貌，可是如果她压根听不到你的声音呢？这样想的话，就能说得通了吧，这是一场单向的对话，你能听到她的声音，但是她听不到你的。”

是啊，单向对话！她每次说话的间隔都不会超过一分钟，一旦超过这个时间，即使打断我的话，她也会再度开口。我以为她只是急着说话，却没有想到这个可能性。如果她听不到我的声音呢？

“我了解过这方面的传闻，许多人都声称自己曾经接收过‘来自另一个时空的信号’。在关于这类接触的猜想中，科学家将他们听到的声音理解为一种类似于电波的信号，而在某个恰当的条件下，某种事物成了信号的媒介，于是他们得以听到了来自另一个时空的声音。”张天行滑动着手机，似乎在查阅什么东西。

“你指的另一个时空是什么？”我忽然想到那面铝合金隔断，他所说的媒介，难道是它吗？

“平行世界。”他斩钉截铁地说，“平行世界爱情故事。”

“也有可能是来自另一个地方的声音啊，在其他地区生活着的人。”我补充道。我不知道自己为什么会这样想，或许在我潜意识里，我不愿意相信她生活在我接触不到的世界中。我想要接触她。

难道我爱上她了，就凭这几句没头没尾的对话？我也太肤浅了吧。

“不是的。”他对我举起手机，上面显示的是一张地图，“每天早上七点半，777 路都会经过你家小区门口的公交站。”

这句话像惊雷般在我脑中炸响。没可能这么巧，她在另一个世界中就住在我隔壁。

很快我想到另一个问题：“那按照平行时空的说法，她有没有可能听到我的声音？”

“有可能，但概率很小。在目前被统计的事例中，只有不到 3% 的人声称自己和另一个时空的人产生了双向交流。即使有，时间也很短暂，那就像是一个短时间开放的通道，你不知道它什么时候会关上。”

我想问问那个女孩，她叫什么名字。

3

下班之后，我和张天行在公司楼下吃了碗牛肉面，便急匆匆地赶回家。我没有完全相信他的说法，毕竟我还没疯。

从电梯口走进大门之后，是一条狭窄的门廊，这条门廊后有四个被分隔开的单间，我住在左手第一间，她在左二。我在自己的房门口驻足一阵，走向她的房间。

我伸手握住房门上的圆形把手，它纹丝不动，这扇门被锁上了——它当然被锁上了。我抬起手，在门上敲了三声，等待着里面的回应。

忽然，我的背后传来一个声音：“你在干什么？”

我转过头，背后是个和我年龄相仿的男人，他背着帆布制的双肩包，看起来也是刚下班回家的上班族。我搪塞道：“我是刚搬来的，昨天隔壁有点吵，我想提醒一下她。”

“有点吵？”他狐疑道，“我在这里住了一年多，没听说这间屋被租出去了啊？”我侧过身子，让他通过走廊，他在左手边的第三间屋前停下，掏出钥匙，“这屋子漏水啊，房东没给你说过吗？”

“这里面……真的没有住人？”我忽然感觉有些渴。

“这边房子是真的烂，你的房间会停电吗？”他忽然换了个话题，“据说这屋子的布电也有问题，经常出现电压不稳的情况。我在这儿住了一年，保险丝烧坏了好几根。”我没有兴趣听他接着说下去，草草敷衍几句便回到房间。

回到自己的房间之后，我从书架上取下一碟CD。CD的标签纸上写着日期和内容，内容那一栏空着，看起来像是平凡的一天。我将CD插入连着光驱的音箱，在床上一头栽倒。

短暂的空白音之后，响起的是我自己的声音：“今天下班吃什么？”周围有嘈杂的环境音，应该是在公司。不用想也知道我在和谁说话，在公司我只有张天行一个朋友，我只和他说话。

张天行没有回答，我的声音再次响起：“好，那就吃沙县吧。”

我从床上站起，按下音箱的关闭键。每当心情烦闷的时候，我都会播放这些CD，可今天它似乎没有起到任何效果。我回到床上，双手枕着脑袋，窗外的夕阳正在抛洒最后一丝余光，我暗自祈祷夜幕降临。

今天晚上，她还会来吗？

我似乎睡了一觉，又好像没有睡着。当那个声音响起的时候，我看向旁边的闹钟，上面显示的时间是十一点半。这么说来，昨天的声音也是在这个时间出现的。

敲墙的声音只响了两次，她开口了："你在吗？"

"我在。"我迫不及待地回复。明知道她听不见。

"我叫刘美子，文刀刘，美好的美，疯子的子。"隔着墙，她原本就轻的声线显得更加飘忽不定，像是随时都会飞走的柳絮。"很高兴认识你。"她说。

"今天是 2017 年 4 月 2 日，昨天是愚人节，张国荣的祭日，今天却只是个普通的日子。你不觉得很奇妙吗？明明紧挨在一起，却是截然不同的两天。"

等等，2017 年 4 月 2 日？几乎在刹那之间，我想到一种令我血脉偾张的可能性。我从床上一跃而起，打开紧闭的窗户，37 楼的滚滚热风扑面而来，在她下次开口之前，我有半分钟的时间，在这半分钟里，我要理清我的思绪。

在张天行的描述中，他提到了"时空"这两个字。他从 777 路公交车的线索展开推理，得到了平行世界的推测，在他的推测中，我和刘美子的状况是两个平行时空的交错。

但时空的含义不止于这一层，在当时我已经想到了另一种可能。时间和空间是构成世界的两条坐标轴，将它们分别看待，可以得到以下几种可能。

1. 如同张天行所说，我和刘美子生活在两个不同的平行世界的同一条时间线上。

2. 我和刘美子身处同一个世界的同一条时间线上，但是她并不住在我隔壁，而是在这世界的另一个角落。这也是当时被张天行推翻的猜测。

3. 我和刘美子身处两个平行世界的不同时间线上。

4. 我和刘美子……在同一个世界的不同时间线上。

不同的时间线！我转头看向闹钟，上面显示着今天的日期：2020 年，4 月 2 日。

她刚才提到，她的“今天”是 2017 年 4 月 2 日，这一点足以推翻包含“同一时间线”条件的前两条猜测。那么，现在只剩下两种可能。

平行世界，人人都知道这个烂梗，但如果将我们的世界理解为现实世界，它就是现实世界的分叉线。它和现实世界极为相似，却并不是现实世界的镜像，就像两出舞台剧。舞台一样，主演一样，剧情却截然不同。

那个世界的张国荣也是个歌星，他也在 4 月 1 日去世，可这种概率有多低？它低到足以忽略不计，足以推翻第三种可能。

现在只剩下最后一种可能。

我和刘美子，生活在同一个世界。

“刘美子，我很想认识你。”我转身面对那面冰冷的隔断，她在三年前的同一天里注视着我。我们之间相隔三年，还好，不是太久。

她不再说话。

4

777 路公交车的站台就在小区对面的马路边。

时间不到八点，站台下已经站满了人，其中大多是拎着购物袋的老人。习惯于乘坐地铁的我，已经很久没有见过这番景象了。

我仔细地浏览着站牌上的路线图，上面恰好有个在公司附近的站点。忽然，裤兜里的手机振动起来，我掏出手机，是房屋代理人的回电。昨天晚上，我打过他的电话。

“你好，请问有什么事吗？”他的声音听起来有些疲惫。

“抱歉，那么晚打你的电话，其实有个事情想问。”我说，“我隔壁的那间房，之前一直没有被租出去吗？”

“是啊，在我的印象里是这样的。那个房间楼面有问题，漏水问题一直解决不了。”他似乎对我的问题有些疑惑，“难道你想租下那个房间吗？”

“三年前，是不是有一个叫刘美子的女孩曾经住在这里？”说出这个问题的瞬间，我的心跳加速起来——“刘美子，初次见面，好久不见。”这样的开场白可以吗？不，太低级了。

“三年前的事情我就不清楚了，但是我可以帮你查一下。”说着，电话那头响起翻动书页的声音，他们应该有本登记簿之类的东西。“嗯，确实有这个人，不过她三年前就退租了，我看看……她当时没有过来，来取押金的是她的家人。”他说。

“什么时候？”我咽了口唾沫。

“我看看……2017年，8月25日。”

2017年8月。

她昨天说过，她那边的日期是4月2日，这意味着我们的时间线在不同年份的同一天。也就是说，这场奇妙的邂逅最多还能持续四个月。她为什么要搬走？这四个月间发生了什么？

我接着问：“你知道她搬去哪儿了吗？”

“这我就不知道了。”他似乎有些不耐烦了，“怎么，你认识这个人吗？”

“是我的一个老朋友……你们有没有别的什么信息，比如她在哪个公司上班，户籍所在地是哪里，身份证号是多少？”

“我把这些告诉你，已经违反规定了。”他叹了口气，“公司是不允许我们泄露用户的私人信息的。很奇怪，既然你们是老朋友，为什么你对她一无所知？”

这时公交车从远处徐徐驶来，眼看着不可能再从他嘴里挖到更多东西，我挂断电话，尾随在几个老太太身后，走上了巴士。

巴士的后排已经坐满，我在前排的过道上找到位置。我观察着车内的乘客，和在站台上看到的一样，公交车的乘客大多是老人，最后一排坐着两个像是学生的孩子。粗略扫视一圈，我摇摇头，寄希望于三年之后她还在搭乘这班公交车，未免太过天真。

三年前的她，乘坐的就是这一辆公交车吗？我现在所坐的位置，她会不会也坐过？纷杂的想法在我的脑子里此起彼伏，我到现在也搞不清楚，为什么自己会对她一见钟情。我所接触的只是一个声音。

和地铁不同，乘坐公交车是另一种体验。那些漆黑的隧道和一闪而过的灯牌被真实的风景所替代，在这座城市生活数年，我从没仔细欣赏过它们。

巴士正在驶过一座跨江大桥，透过车窗，桥下平静的水面一览无遗。这也是她曾经见过的风景，我想。两段不同的时间线通过这种奇妙的方式连接在一起，竟使我有种曾见过此般风景的既视感。

我在离公司最近的站点下车，这时离上班时间只剩五分钟。我匆匆来到公司时，张天行正端着杯咖啡在楼梯口抽烟。我将自己的推测和那通电话告诉他之后，他露出见猎心喜的笑容。

“给我二十分钟。”他说。

二十分钟之后，我被他叫到楼梯口。他的表情有些凝重，说：“我接下来要告诉你的，可能是你不愿意知道的事。你做好准备了吗？”

在我的记忆中，他从未用过这种口吻。“你说吧。”我有些紧张起来。

“你的推测没有错，张国荣忌日这条线索将平行世界的可能性推翻了。但更重要的是，你知道了她那边的时间，这很重要。”他顿了顿，“她在 2017 年 4 月与你相识，8 月退租。她曾住在你隔壁，在这段时间里，她一直乘坐那趟 777 路公交车。这是我们已知的信息。”

如果没有成为自媒体编辑，他会是个名侦探。

“利用这些信息，我在网上搜索了一下，得到了一个发现。”他有些犹豫地看了我一眼，接着说，“2017 年 8 月 2 日早八点，我市发生过一起公交车坠江事故，而遇难的那辆公交车，就是当年的 777 路。”

“不可能！”我压低音量，“不可能这么巧。”

“你和她总共才说过几句话？就把这事当作你贫乏生活里的插曲吧。”张天行拍拍我的肩膀，“遇难者名单里，有她的名字。”

我脚下一软。

是啊，只是个素未谋面的陌生人而已，加起来也不过说了七八句话……可是为什么呢？这种痛苦是怎么回事？就像是某种东西撕开了我的心，大脑瞬间启动自我保护机制，身体中的每一个细胞都在逼我晕厥过去。

好痛啊，不是第一次这么痛了……我曾经在哪里体验过这种感觉吗？又来了，既视感。

“我要救她。”我伸手握住扶梯，身体不住地颤抖着，“我要救她。”

张天行似乎被我吓到了，他嘴里嘟囔着：“是了，这一切都是命运石之门的选择。”

怪话。

5

4 月 3 日，她没有来。

那之后我又等了一个礼拜，每一天晚上我早早上床，期待着她用指尖敲击我背后的隔断。自从告别学生时代的下课铃之后，我从未如此期待一个声音的响起。为了避免自己错过她的来访，我甚至不敢入睡。

刘美子，美好的美，疯子的子。这就相当于我说：“我是张一，一无是处的一。”为什么要这样介绍自己？我想问问她，我想知道她的事。

我想起张天行那天说的话，那是一个故事，男孩穿越无数条世界线，无数次拯救女孩的故事。我想我来得太早，甚至没有等到我们建立起羁绊，就进入了故事后半段的剧情。如果有机会的话，我想把前面的流程走一遍，刘美子。

今天是 4 月 12 日，凌晨一点半。我的眼皮像被灌了铅似的往下坠，我快要睡着了。你还不来吗？

“咚……”先是一声轻响，然后接连两声：“咚咚。”

“刘美子！”我从床上一跃而起，睡意消失得无影无踪。月亮远远地在窗外注视着我，这个楼盒子里住着一个疯子。他每天都在熬夜。

“这一周也很忙啊。”她说，“小组的同事离职了，我的工作量增加了一倍。每天一回到家就困得不行……喂？”

她在对我说话吗？她知道我的存在吗？我连忙大声喊道：“我在这里，刘美子，你听得到吗？”我将整张脸贴在隔断上，像只滑稽的壁虎。讲话的时候人们都会靠近彼此，电话没有信号的时候他们把手机按进颧骨，这是本能。

“要不，我们约会吧。”我的呼吸急促起来，心脏快要蹦出胸膛。她接着说：“在小区附近，不远。步行一公里左右，星河路404号，天桥旁边有一栋旧式大楼，就在胡同口。一楼有家咖啡厅叫‘一角须鲸’……这周末，你有空吗？”

她说的是三年前的周末。

“刘美子，你能听得到我说话吗？”

“嗯。”

她听见了，那条通道被打开了。我不知道时间还有多久，或许它下一秒就会被关闭。我接着吼道：“你听我说，8月2日，不要坐那趟777路公交车！千万不要！”

忽然间，墙壁那头传来嘈杂的电流声，听起来像是什么东西短路了。是因为我修改了命运的轨道，通道出现了故障吗？她似乎在说些什么，但我听不清楚，这种状况持续了几秒钟，声音停止了。

我躺在寂静的夜里，在床上笑出了声音。

周末，我找到了那家咖啡厅。

和刘美子说的一样，那是一栋旧式大楼，虽然楼面清扫得很干净，但一眼就能看得出来。过去的建筑没有大面积的落地玻璃，全视野的建筑思潮是从这个世纪才开始流行的。

咖啡厅在电梯口旁，路边挂着导览牌，我扫了一眼，顶层的位置写着个研究院之类的机构。我走进咖啡厅。

如果有一种咖啡厅的名字叫“普通的咖啡厅”，那么这家就是。你一眼就能看出它是个喝咖啡的地方，除此之外没有任何其他特点。

我在靠窗的位置上坐下来，左手边的单人桌旁坐着个穿着白大褂的女人，她扎着高马尾，戴着一副干练的金属框眼镜。她扫了我一眼，像是刀子划过我的肌肤。

“请问还是冰美式吗？多加一份意式浓缩。”服务员探询似的看着我。喝什么也无所谓，我点点头。

我看着窗外，一辆汽车疾驰而过。三年前，她坐在这里等我。

既视感。

6

2020年，8月2日，早晨九点。

4月12日之后，她不再说话。我曾向张天行咨询过这个问题，他给出了和我一样的猜测，也许是因为我的行为干扰了既定现实，某种无形之中的力量关闭了那条穿越时间的对话通道。

我不知道她有没有听到我最后的那句话，但如果我成功了，一切都将在今天落幕。我坐在工位上，电脑屏幕上显示着公交车遇难名单的页面。每隔一分钟，我按下一次刷新键。

如果她没有走上三年前的那班巴士，三年后的遇难者名单上不会有她的名字。我没有办法阻止三年前那场事故的发生，我活在相对他们而言的未来。但我至少可以拯救一个人，那辆公交车上死了二十三个人，我只救一个。

无所不在的神啊，请你赐予我怜悯，放走那个女孩。

我再次刷新页面，依然能够看到她的名字。从小区到事发地点有二十分钟车程，那班车经过小区的时间是七点半，事故应该在七点五十左右发生。现在已经过去一个多小时了，即使考虑到新闻的延迟性，也应该快了。

我再次刷新页面。

再次。

再次。

再次。

…………

下午五点三十分。

惨白的电脑屏幕上依然显示着刘美子的名字，她依然躺在尸堆中。我忽然注意到一个之前没有注意到的细节——页面上显示的发布时间。

2017年8月2日，下午一点三十分。我明白了。

刹那之间，我身体中的每一寸气力都被抽走。我瘫倒在椅子上，我想要哭啊，可是哭不出来。我的泪腺被什么东西锁住了。

三年前的今天，下午一点三十分，他们确认了尸体，发布遇难者名单。而对我而言，那是四个小时以前。这也意味着，我的计划失败了，她永远地死在了三年前。

下班时间到了，同事们接连从座位上站起。我忽然想到张天行，如果是他的话，或许还能做些什么。我用最后一丝力气支撑着自己从椅子上站起，他坐在哪个位置呢？

我想不起来了。

我踉踉跄跄走到前台，前台正在收拾桌上的化妆品。我几乎快要站立不住，双手按在桌子上，死死地盯着她，她似乎有些害怕。

"怎么……怎么了？"

"今天你看见张天行了吗？"

她的眼神忽然间变得很奇怪，她打量着我，犹豫着说："一点都不好笑，你不就是张天行吗？"

我是张天行？她在说什么？"我是张一，你不认识我了？"

"张一也是你，张一是你的笔名。我们都叫你张一，但张天行才是你的真名啊。"

我分不清了，眩晕的感觉如同浪潮一般卷向我的脑海。我隐约感觉她在对我隐瞒些什么，不，是这个世界在对我隐瞒些什么。我快要接触到一些东西了，我有点害怕。

我夺门而出。

回到家里，我躺在床上。书柜上的CD架在嘲笑我，窗外吹来的晚风在嘲笑我，身后的金属隔断在嘲笑我——你看，你什么都救不了。你就是一个孤独得快要发疯了，自己和自己说话的糊涂蛋。

我从床上坐起，这面隔断的背后有一个女孩，她已经四个月没有和我说过话了。无以言状的挫败感和恐惧攫住了我，我抬起那条终日抽筋的左腿，一脚踹向这面金属怪物。

它裂开了，露出血肉。它没有血肉，它是空的，和我一样。

这面由两张铁皮构成的金属隔断中存在着一个狭窄的空间，透过我刚才踹开的裂口，我似乎看见了什么。我伸手抓住铁皮，将它的裂口撕扯得更大一些，那东西完整地出现在我眼前。

隔断中有一条白色线，顺着线往左边看过去，是一块被烧得焦黑的多功能插座。往右边看过去，那东西我认得，它和我屋子里躺着的那台一模一样。

CD播放机。

她只是没电了。

7

我是张天行。

三年前，我搬来这家公寓，在我的隔壁，住着一个叫刘美子的女孩。每天晚上，我们透过那两张铁皮，谈天说地。

我在那家咖啡厅见到她，她很漂亮。她经常去那家咖啡厅，我也是。于是通过这种奇妙的方式，我们相爱了。我早已爱过她一次，无论多少次，我都会重新爱上她。

她说她很孤独，我也是。我们生活在这个陌生的城市，把对方当作唯一的篝火，互相取暖。虽然只有四个月，但那是我人生中最美好的四个月。

那天早上，我送她坐上了 777 路。原本我也应该在那班公交车上，可是那天我生病了，为什么呢？她说她要请假在家照顾我，我说不要，为什么呢？这是我的错啊，她原本可以不用去死的。

医生说，我的心理产生了很严重的问题，他说这种症状叫人格解离。

我制造了张天行，又或者说是我制造了张一，我让他们互相对话，让张天行引导张一去找到 777 路公交车的故事。张天行将时空的理论灌输给张一，于是张一以为他真的可以救她。

我把播放机藏进那面隔断，主宰着这场游戏。张天行是我，张一是我，我也是我，我像是这场游戏的管理员，只有我才知道故事的全貌。

人格分裂，好烂的梗啊。

刘美子的每句话之间都有半分钟到一分钟的空白音，这里原本是我说话的时间。我把自己的话剪掉了，只留下刘美子的。对话中难免有“嗯”“好”之类的应答，有时候这些应答撞上张一的问题，他以为自己正在和她对话。

于是，三年前的对话在三年后重演。可惜答录机和磁带都可以倒带，但人生不可以。我妄图制造欺骗自己的谎言，制造拯救刘美子的机会，说到底不过是为了自己。三年中，只有在拯救刘美子的日子里，我才像真正地活着。

我好想快乐啊。

张一躺在床上，抱着自己的膝盖，他在哭。像个小孩似的。

忽然，他抬起头，顾不上擦掉眼角的泪痕。月光冷冷地洒进房间，电子闹钟上的绿色数字冷酷地流动，有什么声音响起了，不是三十七楼高空的风声，不是卫生间的滴水声。

“咚。”——停顿。

“咚咚。”

孤独是一头猛兽，

它肆无忌惮地抓住村里每一位老人，

咬上去，吞噬血肉。

Chapter 5

/

食孤

1

从高铁站出来，我叫了一辆网约车。

因为一张体检通知单，我辞掉了在大城市的工作。

这是种罕见的慢性病，根治的可能性几乎为零。虽然短时间内不至于危及生命，但绝对不能再持续进行高强度的工作了。

我把这个消息告诉父母，他们让我去乡下的奶奶家休养，据说那是个有名的长寿村。实在扛不住他们的关心，辞职之后，我前往这个村庄。

父亲工作之后就搬到了城里生活，奶奶坚持她过不惯城里生活的观点，拒绝了父亲邀请她进城。尽管如此，每逢年节，父母还是会回乡下，陪奶奶一起吃个饭。

而我，总是用各种理由推托着和父母一起去奶奶家的责任，久而久之，我已经记不清自己多久没去过那里了。而工作之后，就更加没机会了。

我隐约感觉到自己对那个地方存在着一些抗拒，不知道为什么。

车子在国道上拐了个弯，转进崎岖的乡道。看着窗外不断后掠的山麓、稻田和溪流，我有种熟悉又陌生的感觉。我知道自己曾经走过这片土地，却记不清具体干了些什么，有如雾里看花。

这时，一座奇怪的建筑吸引了我的注意。

它修建在离道路约莫两三百米远的田垄旁，突兀地插在一块梯田的中央。令我好奇的是——那不像是一栋具备功能性的房屋。

不论居住、御寒还是烹饪，任何一栋房屋都具备着它的功能性。但我眼前的这个建筑，实在让我无法想象得到它应该实现哪一种功能。

黄泥垒的土屋，上面覆着瓦顶，里面大概只有三到四平方米的空间，高度绝不超过一米五，任何一个成年人都无法轻松地进入，它就像闯入大人国的小人国房屋。

"那栋屋子……是做什么的？"这是我上车后第一次主动跟师傅搭话。

师傅朝我示意的方向看了一眼，漫不经心地说："土地庙。"

"《西游记》里那种土地庙？"

"现在应该没有人去了吧。"师傅露出怀旧的神情，"我小时候在农村那会儿，每年都有这么个日子，大人们抬着轿，轿上搁着纸屋，屋里坐着土地公公。前边有人敲锣打鼓，围着村子走一圈，土地公就能保这个地方整年的太平。"

"是吗？原来还真有这种习俗啊。"

"是啊，最有趣的是，每个村子供的土地爷长得都不一样。"

道路两旁逐渐出现稀疏的瓦屋和平房，离奶奶家已经不远了。我忽然感觉哪里不对。

这里太安静了。

正午，道路上却看不见半个人影。两旁的房屋几乎全部紧闭着大门，农村没有坐北朝南的讲究，采光大都不好，透过那些半掩的木门看过去，里面就像一个个黑洞。

我挪了挪屁股，有些不安起来。

两分钟之后，师傅在一处坟前停下车。看见这处坟，我反倒安心下来，我终于在自己模糊的记忆中找到一处坚硬的支点。

这是我爷爷的坟，就在奶奶家旁边。我朝坟后看去，那里生长着两棵几乎快要抱在一起的橘子树。我看向左边那棵，记不清几岁的时候，我常常躺在它的Y形树干上，伸手便摘一个橘子吃。

回忆到这里，我看向另一棵树。有那么一瞬间，我恍惚看见上面躺着个小孩的身影。我揉揉眼睛，当我再看过去时，那影子已经消失了。我吸了口气，绕过坟茔，走到那座熟悉的瓦屋前，踏过木制门槛。推开门，一个瘦小的背影出现在我面前。

奶奶正坐在方形的小饭桌前，看样子正在吃饭。看到多年未见的奶奶，自下车起就暗潮汹涌的紧张忽然堵上嗓子口，我竟不知道说些什么。

我轻轻把手中提着的营养品放在墙角，用一种近乎僵硬的嗓音试探地喊道:“奶奶？”看到对方没有回应，我把音量又提高了些。

终于，奶奶回过头来。她先是在背后的桌上摸了摸，找到一副老花眼镜，颤颤巍巍地戴上。“是奚儿啊？”她站起身子，朝我走过来，“长高啦！”

父亲提早打过招呼，她对我的到来并没有太惊讶。人到了一定年纪，容貌就像被锁住了似的。尽管多年未见，奶奶却和我上一次看见她时一模一样，就连那副锈迹斑斑的老花眼镜，也好像从未更换过。

我点点头，朝她身后看过去。那里摆着碗清炒空心菜，料碟里装着块腐乳，再加上半碗米饭……除此之外，别无他物。“还没吃饭吧？”奶奶扯过一张长凳，“我去给你煎几个鸡蛋，你小时候最爱吃这个了。”

我张大嘴巴，想要拒绝却又不知该如何说出口。只好任由她走进厨房，我看着那箱躺在角落的营养品，又看了看桌上的饭菜，一时间不知该想些什么，满脑子乱成一团，只觉得像是把柠檬和苦瓜一同嚼进心里，又酸又苦。

2

在村子里住了几天，我来时的疑惑被解开了。

和我小时候不一样，如今的村里已经没有年轻人了。几乎所有的年轻人都在外务工，也把他们的子女带去了城里，村里只剩这些风烛残年的老人。

老人们白日里鲜少出门，只在傍晚时出去散散步。白天的道路上看不见行人，在这里是正常的事。

奶奶每天也不知多早起床，无论我起得多早，她总在我前边。有几次我起来上厕所，大概是天快亮的时候，看见她坐在厅里的木凳上，面前的电视闪烁着彩色的停播信号，而她就那么坐着，什么也不干，就像一座沉寂的雕像。

在这里生活着，时间就像静止了一样。只剩下“时间正在流逝”的知觉，却找不到证明这一点的参照物。

老实说，这样的生活快要把我憋坏了。

这一天，我睡到十点才起床。吃过奶奶下的鸡蛋面，看见她再次打开那台只能收到一个台的电视。我决定出门逛逛。

说是逛逛，也不过是去村里唯一的小卖部买包辣条。和这里所有的流浪狗打过招呼之后，这成为我最后的消遣。我每天选择不一样的路线，以寻求新鲜感。

我刻意绕开乡道，走了一条踩踏而成的土路。这条路上有一片竹林，我曾远远瞧见过。

我贪婪地呼吸着竹林中新鲜的空气，踩着小碎步一蹦一跳地走着，忽然听到溪水流动的声音，我下意识地朝脚下看去。

不知从什么时候开始，我的脚下出现一条溪流。和我见过的其他小溪不同，这条小溪一眼望不到底，只能看见一片幽幽的碧绿。水上浮着几片竹叶，看来不浅。

就在我注视它的时候，水面忽然打了个旋，竹叶被吸进漩涡，转瞬不见踪影。我注视着它，漩涡不紧不慢地旋转着，山风奏着头顶的竹叶，有那么一瞬间，我产生了一种奇怪的感觉。

就在溪水的深处，有一双眼睛也在注视着我。

诡异的感觉笼罩住安静的竹林，虽然不知道自己在害怕些什么，我的呼吸急促起来，就像被什么东西追赶着似的，我加快脚底的步伐。

我逃似的跑过这条小径，直到看见小卖部所在的平房，才镇定下来。我走进这座平房，听着侧厅里传来的麻将推牌声，我忽然明白自己为什么要来这里。

因为这里有人气。

兼有麻将馆功能的小卖部，是村中唯一具备社交功能的场所。

我熟悉地呼唤着麻将室里的老板，背后有人拍了拍我的肩膀。

“吴奚！”

我疑惑地转过身，看到一张我并不认识，却“期待”已久的面孔——一张年轻人的脸。

他有着一张圆嘟嘟的脸，一对和善的杏眼是这张脸上唯一称得上特别的地方。除了农村人都有的黝黑肤色，其余的地方几无辨识度可言。

我不好意思地挠起后脑勺：“不好意思……你是？”

“我啊！余明生！你不记得我了吗？”他手舞足蹈，“我！给你弹弓的！”

弹弓？我忽然想起来了。

那是小学三年级的暑假，那时我还乐意去奶奶家。习惯了城市生活的我，头一回见到农村的玩法，就像打开了一个崭新世界的大门。

那些小孩，他们多会玩儿啊！用鞭炮炸鱼，用蛤蟆腿钓小龙虾，用弹弓打鸟……没有他们想不出来的。

那时候，拥有一把弹弓成了我的梦想。

和其他玩具不同，他们的弹弓是商店里买不到的。几根铁丝，几条橡皮筋，他们就能做出真正的弹弓，这种弹弓又强又有准头，可我做不来，只好跟在他们后面眼馋。

我什么也不会，小孩们把我当作异类，都不爱和我玩儿，只有余明生跑来问我：“你是不是想要弹弓啊？”我说是，他就把自己那把给我了。

于是他成为我在这个村庄里唯一的好朋友。

不记得从哪一年起，我也没再来过村里。我几快要把他忘了，直提到弹弓我才想起来。

这时老板从侧厅走出来，我顾不上买东西，和余明生一起走出门外。

“这些年你没出去吗？”我问他。

“没呢，在家种点地。”他挠挠后脑勺，“小时候说过的，我得陪着我奶奶。”

“奶奶？”我的脑海里出现很久之前的一个画面。

那是某个夏日的午后。我和胖嘟嘟的小男孩躺在山阴处的草丛，他的嘴里含着一根麦秆，像是和它较劲似的用力嘬着。

“余明生，去过城里吗？”

“我去过镇里，奶奶带我去买东西。人可多了。”

“不是的。”我摇头，“那不是城里，城里比那儿可大得多，街上跑满车子，到处都是高楼大厦……有肯德基还有麦当劳！以后你来，我请你吃！”

“我不去。”

“为什么？”

“……我得陪着我奶奶。”

“人长大了，都要走的。”我说。

“我如果也走了，就只剩奶奶一个人了。”

“一个人怎么了？”

“一个人……很孤单的。”

…………

想到这里，我忽然一愣。很……孤单吗？

“你呢？你读了大学吧？”余明生把我从回忆中一把拉出来。

“嗯。”我点点头，“我来这儿好几天了，这是头一回看见同龄人。”

“大家都走了。村里就剩我一个年轻人。”

我们有一搭没一搭地聊着，走到分岔路口，我留下他的电话号码，约好下回一起去镇里网吧，我朝家的方向走去。

走在回家的路上，我感觉有些不对，像是遗漏了什么重要的事情，可是怎么也想不起个所以然来。

回头看，太阳已经走到头顶，泥路上空无一人。

3

路过爷爷坟后的橘子树时，我抬手摘了一只橘子。这里不是产柑橘的地方，土橘子怎么长都是青的，只能凭大小判断生熟。

这时我的眼前忽然出现一双夹着拖鞋的脚，往上看，余明生竟斜躺在橘树的枝丫上，一双挂满泥渍的脚丫子轻轻摆荡着，见我发现了他，他朝我咧嘴一笑。

“去哪儿啊？”

“看我姨奶奶去。”

他略有思索，“那可不近啊。”

“是啊，就怕天黑之前回不来了。”

话说毕，我连忙跟上奶奶的脚步。别看她上了年纪，走起路来脚下带风似的，利索得很。

今天奶奶不烧饭，她说要去看她的好朋友。我管她叫姨奶奶，小时候常去她家玩耍，所以有些印象。她是个苦命人，早年亡夫，膝下只有一个儿子，死得早，绝了后，过不了两年，不甘寂寞的儿媳妇也跟人跑了。她单独住在山里的老房子。

去那里的路有些崎岖，我放心不下，便决定跟着奶奶一同去。奶奶走在我前边，手里拎着个篮子，里面装着些鸡蛋、大米之类的吃食。她每个月都会入一趟山，姨奶奶独居，难免有缺粮少米的时候，她得帮衬着。

走着走着便进了山，周围渐渐出现了茂密的树丛，阳光从头顶漏下来，照到人身上只剩一丁点热量，身上也生了些凉意。我替奶奶挎着她的小篮子，奶奶在我跟前不紧不慢地走着，我有些想和她说话，却不知说些什么。

这样想来，不知是不是我的内心在刻意逃避着与她交流的场景，又或者是我压根不知该说些什么。与奶奶朝夕相处的这些日子，除开必要的对话，我并没有和她说上多少话。

我的内心生出一个奇怪的想法，或许她的生命和她的脚步一样，正在我觉察不到的微小时间里流逝着，步伐缓慢而坚定。而以休养为目的在这里居住的我，像是一个贪婪的妖怪，通过汲取从她身上流失的精气，日渐茁壮。

纷杂的想法围绕着我，不知不觉中我已经翻过了几座山峦。我的眼前出现一处开阔的平地，低矮的老旧土屋坐落其上。拄着拐杖的姨奶奶坐在晒着稻谷的竹席旁，身子微微佝偻，不知在想些什么。

如木雕一般。

见到奶奶，她艰难站起身迎上来，先是摸了摸我的胳膊："长这么大了。"她转身握住奶奶的手，两位老太太攀谈起来，语速飞快，夹着苍老的土语，让我有些听不明白。

我随着两位老人进屋，却被厅里最显眼的物事吸引了注意。那是摆在对墙的供桌，上面摆着香火、供食，还有三张黑白照片。

我从左往右看过去，左首的照片已经重度老化，基本只能看清个轮廓，这应该是姨奶奶早亡的丈夫，中间是个年轻人，凭借年纪判断的话，应该是她的儿子，再往右……

一个身影挡住了我的视线。

是奶奶。

我正欲侧身看个真切，忽然意识到自己的行为有些不礼貌，只好作罢。姨奶奶一把挎住我的胳膊，邀我和她们一起进卧室聊天，我只好从命。

当我从卧室走出来的时候，那里的照片只剩下两张了。尽管满腹狐疑，我也不好对命运多舛的姨奶奶提什么奇怪的问题，便把心中的疑问按了下去。

吃过午餐之后，两位老人又回到卧室聊天，她们仿佛有着说不完的话。我蹲在门口的地上，用随手捡来的树枝拨弄着几只迷路的蚂蚁，天色渐渐变暗，我忽然觉得，今天可能回不去了。来的时候没有感觉，但回家路程起码需要三四个小时。如果现在往回赶，走不到一半就得天黑，太危险了。

不出意外的话，今天要在这里过夜了。

两位老人睡在姨奶奶的卧室里，我单独睡在旁边的小房间。这里没有通电，我端着根蜡烛走进房间。这个房间比姨奶奶的房间稍微小一些，摆着张矮桌，一张单人床。我在床边坐下，忽然瞟见矮桌半打开的抽屉里躺着个鲜红色的东西，仔细一看，是个奥特曼玩具。

奇怪的感觉又出现了，我似乎在哪里见过它。

背手躺在床上，我胡思乱想着，慢慢睡了过去。

梦里有一个高过我十丈的泰罗奥特曼，不停对我发射刺眼的激光。

约莫是下半夜的时候，我被一阵尿意激醒。我点起蜡烛，观察着四周的情况，花了好几秒，我才想起自己正待在电路不通的山内小屋，不禁哑然失笑。

奥特曼立在桌上，蜡烛把它的影子打在墙上，看起来就像在和掌着蜡烛的我进行一场殊死的搏斗。我摸着墙壁走出房间，正打算去屋外边找个角落方便。忽然，一个奇怪的声音吸引了我的注意。

这是一种什么样的声音呢？我很难找到一种恰当的描述，它就像是用吸管吮吸着藏在筒骨中的骨髓时发出的那种声音。这声音几乎在一瞬间把我的睡意赶了个精光，我仔细寻找着它的来源。

嘶欻……嘶欻……

它是从姨奶奶的房间传过来的。

我忽然联想到一种可能性。这里是山林深处，或许是蛇误闯了这个屋子？如果是这样的话，我必须去提醒奶奶，被毒蛇咬伤的话就不好办了。我用足尖轻轻踮着地面，一步步接近她们的房间。轻轻推开门，我顺着蜡烛的光芒向里面看去……

在那一瞬间，我的双脚就像被钉死在这块凹凸不平的硬泥地板上。肾上腺素飞快地分泌着，我的大脑承受着几乎快要令它崩溃的刺激。我一只手攥着蜡烛，另一只手死死掐着自己的大腿，大脑不停向它发送着“逃跑！”的指令，它却无论如何也动不起来。

就在两人并躺的雕花床后，墙壁上的影子疯狂地扭曲着。在她们其中一人的身上，有另外一个人。一个小孩。我极力扭动着僵硬的脖颈，朝床上看去。

他……不！应该说是它……那个东西半跪在姨奶奶的旁边，它浑身惨白，湿漉漉的皮肤上挂满水珠……像一只被剥了皮的蛤蟆。

它正靠在姨奶奶的头旁，吮吸的声音正是从那里传来。

我眼前一黑，当场昏了过去。

4

梦是人类心理的投射，我曾看见过这样的理论。

可我无论如何也想不明白，我为什么会做那个如此真实的噩梦。即使是现在，我依旧能回想起那个怪物惨白光滑的皮肤，和它吮吸时发出的诡异声音。

但是第二天醒来时，我却躺在自己入睡时的位置。燃尽的蜡烛在桌面上糊成一摊，屋后的公鸡尽情鸣叫着，这一切告诉我，我只是做了一个可怕的噩梦。

或许是这个梦给我带来的刺激太大，也或许是被山中的凉风吹坏了身子。回到奶奶家时，我发起持续不退的高烧。

高烧发了三日，奶奶说要带我去治病。

我的脑子已经烧成一团糨糊，也没听清她说些什么，便从床上爬下来，拖着绵软的步子，跟在她身后走去。

说不清走了多久，我的意识早已模糊，视界中的稻田和乡道扭曲成一团，就像毕加索笔下的抽象画。我感觉到力气一点一点从自己的脚下溜走，身体摇摇欲坠。

奶奶搀着我的左手，也只是搀着罢了。她扶不动我。

就在我即将跌倒的前一刻，我的腋下忽然出现一只大手。我回头一看，竟是余明生。

我感激地朝他点点头。他腼腆地笑笑，搀着我继续向前走去。

说不清过了多久，奶奶停下脚步。我抬头看去，看到一个熟悉的建筑。这建筑一米来高，镶着一个可笑的小门，这是我来时看到的那座土地庙。她这是带我拜神来了？

奶奶走到庙前，一把拉开门。门内摆着个低低的神龛，上面塑了个简陋的泥身像，土地公一张圆脸，长着双和善的杏眼。

奶奶跪伏在地上，从兜里掏出两个苹果，用袖子擦了擦，毕恭毕敬地摆在神前的供物碗中。

我的双眼渐渐模糊起来，只能嗅到一股好闻的香火味，这香味似乎有一种安神镇定的功效，令我浑身酸痛的肌肉也松弛了下来，在这祥和的气氛中，我安心地睡着了。

当我再次醒来的时候，发了三日的烧退了下去。似乎是余明生把我扛回了奶奶家，此刻我正躺在自己的床上。我伸了个懒腰，感受着活力重新回到这副身体的畅快。肚子里传来几声鸣响，我有些尴尬地挠挠头。确实是饿了，这几天也没怎么好好吃过东西。这样想着，我呼唤起奶奶来。

我从未比此刻更加想念她下的鸡蛋面。出人意料地，我并没有得到她的回应。而与此同时，另一个声音隐隐约约从远处传来，我仔细分辨着，是唢呐的声音。

我走出屋子，四下没有找到奶奶的身影，便顺着越来越响的奏乐声找去。慢慢地，二胡加入了，这曲子有些熟悉。走了两三分钟的样子，我在前方的道路上看见一个熟悉的身影，是小卖部的老板。我连忙跟上去，和他搭起话来。

“这是怎么了？突然奏起乐来。”

“你不知道这是什么曲子？”他用一种奇怪的眼神看着我。

“不知道啊。”

“丧曲。”

我有些惊讶，追问道：“怎么回事？”

“是村里办的，在祠堂。按道理葬礼都在自己家办，这户不一样，绝了后，没人送终。真可怜啊。”这样说着，他自怨自艾起来：“唉，人活到这个岁数，不知道哪天就走了……”

我忽然有一种不祥的预感，继续问道：“谁……谁家的？”

“不是村里，住山里的。叫李秀莲。”

李秀莲是姨奶奶的名字。

…………

我从未如此近距离地感受过死亡。

这个四天前还在和我聊天的老太太，就这么无声无息地死在了山中的小屋里。这让我难以接受。而更令我不得不联想到的，是我做的那个噩梦。

我不是个唯心主义者，可是噩梦、姨奶奶的死亡接踵而至，很难不让我想到它们之间存在着某种联系。或许这个梦在昭示着什么，但当时的我不得而知。

老人们挤在祠堂里，个个脸上挂着悲悯的神情，他们的脸上看不出过多的悲伤，在这样的村落里，苍老的人们习惯了死亡。

在人群的最后面，我看见了余明生，他的脸上看不出悲喜。我和他打了个招呼，便向前走去。

我穿过人群，在最前端找到奶奶。她是唯一一个挂着白色袖套的人，因为上数三代，我们家和姨奶奶家是亲戚。

我有些担心她，将双手轻轻覆在她的肩膀上，她回头朝我点头，我放下心来。可转瞬间我又想到，在她脸上那些沟壑里，静悄悄地藏着多少的悲伤呢？那或许是她在村里，最后一个好朋友了。

我有些不忍，顺着她的目光看向灵台，出人意料地，那里摆着四张遗照。

姨奶奶家绝户，所以把其他的亡者也请了进来，这或许也是某种程度上的团聚吧。我顺着遗照看过去，最上端是她和丈夫的照片，中间摆着她儿子的照片。

最下面，是一个小孩儿的照片。

小孩腼腆地站在镜头前，似乎并不习惯直视镜头，他的手里攥着一个红色的奥特曼玩具。往上看，圆嘟嘟的脸上长着一双和善的杏眼，眸子又黑又亮，和他的皮肤一般——那天没有看见的照片。是姨奶奶的孙子吗？他是谁？又是为什么夭折的呢？我这样想着，心里却有一种奇怪的感觉油然升起，我总觉得在哪里见过这张脸。

葬礼结束之后，我和奶奶回家歇下。夜里，我一直想着那个小男孩的脸，我在哪里见过他呢？小时候吗？可是为什么我却想不起来他是谁？渐渐地，那张脸在我的脑子里模糊了，它慢慢挂上一层雾气，雾气又转变为实质，它湿漉漉地，水珠一粒粒从下巴滴下。

我感到有些紧张，一个声音在我的脑子里不停喊叫着，我仔细去听，那似乎是一种警告。

就在这个时候，声音响起了。

那个梦，它又来了。

熟悉的吮吸声，连绵不绝地，从另一个房间传过来。我想逃离，身子却被恐怖的气压死死压在床上，我动弹不得，疯狂地喊叫着，我掐自己，告诉自己醒过来，快醒过来……

我看见那个东西走过我的房门，它回过头，光滑的脑袋上没有一根头发。它长着一张人类的脸，和姨奶奶死去的孙子一模一样。

第二天早上，我发现自己的大腿上布满掐痕。

我必须离开这里。

5

我逃离了山田冲。

直到回到家里，我才摆脱了如影随形的恐惧。父亲见到我有些意外，来不及向他解释，我提出疑问。

“奶奶有个好朋友，叫李秀莲，她是不是有个孙子？”

听到李秀莲这个名字，父亲的脸色变了又变，他深深看了我一眼，叹了口气：“你……你想起来了？”

我不明白父亲话中的意思，只能敷衍称是，我猜到他知道一些我不知道的事情，而我渴望知道。

“他的名字叫余明生。”父亲的下一句话让我如遭雷击。

是的，在父亲的叙述下，我想起来了。余明生，就是姨奶奶的孙子，也是我小时候最好的朋友。他给我做过一个全世界最好的弹弓。

小学五年级那年暑假，我像往年暑假一样去奶奶家玩。我找到余明生，让他带我去见更多没见过的新鲜事物。

在一片竹林旁的小溪里，我脱光衣服，像个跳水选手一样扎了进去。可我没想到这条小溪比我想象的更深。

我拼命地挣扎着，直到岸上的余明生看出来不对，他连忙跳下来，拽着我往岸边游。可我太害怕了，我挣扎着，拼命挣扎着……

当我回到岸边的时候，余明生永远留在了那条小溪里。

回到家里，我患上了严重的PTSD[①]。我怕水，连水龙头都不敢碰，我经常毫无征兆地大哭，也不再和身边的人说话。

父亲带我找了很多心理医生，都没有用。突然某天我的疾病却诡异地自愈了，我重新变得开朗起来，我忘记了在那条小溪里发生的一切。与此同时，我逐渐地对去奶奶家这件事产生了抗拒。

医生说，这是我自己的心理防卫机制起了作用。那件事对我的伤害太大了，它几乎摧毁了我的心灵。人类有自救的本能，在即将崩溃的前夕，我的潜意识主动将这段记忆屏蔽了，为了避免再次回忆起它，我的潜意识里不断在给自己暗示：再也不要回到那个地方。

我终于明白自己在路过那条小溪时为什么会感到恐惧，也明白了奶奶为什么不让我看到余明生的遗照。可我想不明白的是，我在村里见到的那个余明生是谁，那天晚上的怪物又是谁。

是的，是我害死了他。我让他变成了徘徊在村庄上空的恶灵。如果我在那个村子里继续待下去，或许下一个被害的人就是我。我没有把这些事情告诉父亲。我暗自祈祷着，自己能像过去一样，逐渐忘记这段恐怖的经历。

我没有办法对他说声对不起，只期盼他能往生极乐。

---

① 创伤后应激障碍。

6

半年过去了。

我没有回到大城市，而是在家乡找了一份清闲的工作。令人惊喜的是，曾经被医生断言无法治愈的慢性病，竟然不知不觉痊愈了。

我不停告诉自己，这就是大难不死必有后福。在村庄里的那段经历，也渐渐蒙上了一层灰尘，梦魇渐渐离我而去，生活重新回到正轨。

站在通信公司的营业厅前，我抬头看了看头顶灿烂的阳光，推开面前的玻璃门。

这一天，我终于下定在家乡定居的决心。曾经为了重返那里而保留的电话号码，没有继续存在的必要了。

“你好，办理销号。”我对电脑后的柜员微笑道。

录入我的电话号码之后，柜员在键盘上熟练地操作着，过了一会儿，她抬起头，“您办理了语音信箱业务吗？”

“没有啊。”

“抱歉，这边有一些给您的语音留言……虽然现在很少有人会用这个服务，大多都是广告就是了……要不我给您转到新号码上？”

“好的。”

手续办理完之后，我回到家里，一屁股躺进柔软的沙发，在手机上拨弄起来。柜姐所说的语音留言已经发到了我的手机上，闲着也是闲着，我便一条条打开听。

如她所说，里面全都是些莫名其妙的广告，我不断滑动着屏幕，终于失去了耐心，就在我准备全部删除的时候，忽然看见一个熟悉的名字。

余明生。

这个纠缠了我半生的梦魇，再次真切地出现在我的面前。这时我才忽然想起，那个自称余明生的人有一部手机，我存过他的号码。我的双手颤抖着，冷汗从头皮中不断渗出来，流到下巴上，再落在沙发上。

湿漉漉的。

嘶欻……嘶欻……

我的指尖微微颤抖着，竟不小心按下了播放键。一阵嘈杂的声音过后，带着乡音的男声响起。

…………

吴奚，我想，我只能以这种方式对你说上一声再见了。我给你说过，我留在这里，是因为我想陪着奶奶。现在奶奶走了，我终于也可以离开了。我不知道怎么和你解释你看到的一切，只能从最开始说起。

我死去之后，莫名其妙成了一头溺水鬼。溺水鬼，得拉个垫背的才能往生，我不愿拉，便留在了这里。久而久之，我成了村里的地缚灵，我被缚在那座土地庙的神像中，成了一种连我自己都搞不清楚是什么的存在。

和人类一样，我需要吃东西才能维持自己的存在，所以就有了你看到的那一幕。但我从来没有害过人，我吃的，是人类的情绪。但我从来不吃那些快乐的情绪。恰巧，这个村子里有一种无所不在的负面情绪，它的名字叫孤独。

你知道吗？孤独有实质，它是灰色的。我的奶奶，她每天吃过饭以后，喜欢坐在门口晒太阳，一动不动，就那么坐在那儿晒太阳，每当这种时候，孤独就从她的身上升起来。

所有人的孤独交织在一起，像一个蚊帐，笼罩住这座村庄。每到夜里，我努力地吃掉所有人的孤独，可是第二天，孤独又升起了。当孤独达到一定程度，人活着，心却死了，心死了的人变成行走的木雕，余生的唯一目的就是等待死亡。

可是我真的吃不下了。当奶奶离开的那一刻，我才知道，自己终于可以休息了。还有，我不怪你，我知道你不是故意的，我知道那时候你也很害怕。

我很喜欢你送我的那个奥特曼玩具。

…………

当我醒来的时候，手机屏幕已经熄灭了，我重新打开手机，堆积如山的广告里已经没有了余明生的留言。

这，又是一场梦吗？

后来我回到山田冲，奶奶告诉我，我当初的确发过一场烧。她从乡里的诊所里请来医生，在家里给我吊了几瓶药水，我昏迷了好几天，其间一直在说胡话，但具体说了什么她记不清了。土地庙是有过，可十几年前就拆了，现在那里只剩下一片空荡的梯田。

我找过心理医生，医生说，人类的潜意识不仅会删除过去的记忆，也会制造出新的、虚假的记忆。而这种行为的动机是什么，又是如何进行的，至今没有人能解释明白。

人类用令人惊叹的决心，延续了他们的文明。

Chapter 6

/

世界灭绝的唯一解

1

如果这是我的最后一篇短篇小说，我很希望写下我短暂人生中经历的全部事情，可惜我并没有那么多时间了。

自称“秩序监督者”的宇宙文明降临地球，是三天前的事情。为了避免母舰的巨大引力引发地球海啸，他们贴心地将它停在木星。

“所以说他们为什么不直接给我们来上一发阿姆斯特朗回旋式阿姆斯特朗大炮呢？这多痛快。”我找了个惬意的姿势，把双腿搁在茶几上。电视中的主持人正襟危坐，他的对面摆放着一个硕大的LED显示屏。

王择端朝我走过来，在茶几上放下一杯咖啡，顺势躺进沙发，搂住我的肩膀。世界毁灭前的最后一天，我们决定像寻常日子一样度过。用我的话来说，这是一种绵软的反抗。如果他们想看的是人类如鼠般逃窜的丑态，最少这个公寓里还有两位正常人。

“换台换台。”我假模假样地拿起遥控器。事实上，所有的频道播放的都是同一个画面。

“人类，我们将决定你们的命运。”

那一天，数十亿台电视机，数百亿台智能设备，全世界所有的广播，广场舞大妈的DJ音响，以及小女孩手中抱着的发声玩具熊……在同一时间，播放起冰冷的合成声音。

“首先，恭喜你们伟大的科学家MASK终于研发出载人行星际航行技术。这也意味着，你们即将在不久的将来，接触到星际街道中早已观察你们许久的邻居。你们的文明即将迎来飞跃，你们将加入银河系的大家庭。”声音停顿了一秒，全人类的心脏也骤停了一秒，“但在这之前，你们先要接受一场考验。”

每一个有能力发送信息的公权力机关都争先恐后地联络着他们，可正如我们所知的一样，高阶文明没有与我们进行交流的义务。他们只负责通知。

“我们在你们的文明中抓取了一些片段，以评估你们的威胁等级。”对方并没有解释“威胁等级”这四个字的含义，天穹中亮起微光，画面出现在天空。这是我们无法理解的技术。

影片的最开端，是两个穿着兽皮裙的原始人，各自手执着一只木棒。他们相对而立，短暂地僵持之后，二人扭打在一起。

在这之后，播放的速度逐渐加快。画面中的人数越来越多，手上的武器也越来越先进，从铁器到火枪，再到先进的半自动步枪……我已经看不清了，隐约中似乎看到了一团蘑菇状的云团升起，画面终于慢下来。

“正如你们所看到的，在你们文明进化的每一个节点，都会爆发一场激烈的争斗。更不如说，争斗就是你们的历史，为了争斗，你们甚至不惜研究出足以毁灭自身的武器。你们的骨子里，根植着自我毁灭和毁灭他人的本能。”声音中听不出一丝惋惜，“你们认为有限的资源是争斗的原因。可是无垠的宇宙并不如你们认知中空旷，这里没有无限的资源。每一个文明进入我们的群体之前，都必须接受这场评估。”

画面放慢到足以看清的程度，定格在一个老旧的衣柜前，衣柜里蜷缩着一个闭上眼睛的小女孩，看样子像是睡着了。监督者的声音响起：

“在文明的角落，一个母亲杀死了她的女儿，把她藏在衣柜里。类似这样的事情，我们抓取了无数个画面。

“一个人究竟是怀揣着怎样的恶意，才能杀死自己的后代呢？一个文明是怎样地极端，才会依赖致命的武器来维系虚假的和平？现在，你们拥有最后的机会。

“游戏前提：

72小时后，这个星球上所有的人类都会在同一时间死去。

游戏规则：

1.每个人都拥有一张选票，这张选票会出现在你们的智能设备上。你们可以在这张选票上填写一个名字，被填写名字的人，可以得到活下去的权利。

2.选票的填写过程必须保证绝对私密，如果填写时被他人所观察到，该选票立即作废。

3.每个人都可以填写自己的名字，这是有效的。最终统计时，如果填写自己名字的人数超过50%，你们的文明会被立刻毁灭。反之，你们则能得到救赎。

但那些死去的人，是这场游戏的代价。”

在听到这里的时候，我立刻明白了整场实验的目的。监督者的目的无非是选出我们中的利他主义者，而所有执着于争斗的，都是彻头彻尾的利己主义者。

而与此同时，我做出了自己的判断：人类不可能通过这场考验。

立下第二条规则的目的显而易见，无非是让每个人在不受压力的情况下投票。但规则中最鸡贼的一条是：你的投票不仅能救别人，也能救自己。

如果每个人都能填写别人的名字，那么全人类都能得到解救，可第二条规则卡死了相互监督的可能性，在不可能看到别人投票的前提下，即使我们立下“相互投对方”的约定，也会不可避免地相互猜疑。

如果没有人投给自己，那么救下别人的代价，就是失去自己的生命。

“如果我写下对方名字的话，他会不会不相信我？为了确保自己百分之百生存，他选择把票也投给自己。”这样的想法萦绕在所有人的脑子里。

在投票开始的前两天，电视台中播放了无数的说教节目，无非是为了引导民众把票投给别人，以保证全人类的共同生还。而现在，距离投票开始已经过去五十多个小时，投票进程已经过去大半，就连主持人也无法保持他标准的职业化微笑。

看着他脸上疲惫的神情，我猜就连他自己也不相信会有人愿意舍弃生命救自己。或许这个人下班以后，会躲在厕所的隔间里，在手机上猥琐地敲下自己的名字。

“我不知道这是不是人生中的最后一天，坐在导播台上的我，和你们一模一样。现在我闭上眼睛，想起的全是自己人生中的那些低谷和高山……我一生的故事。”

2

我在笔记本上敲下标题：我一生的故事。

所幸我打字的速度比较快，三个小时就能敲下一万字。如果来得及的话，我还能把这篇小说发给我的编辑张一一，他会用一个小时校对，然后今晚发布在惊人院上。我有时在这个平台发稿。

想到这里我露出微笑，为自己的幽默。

我曾经想过用十本长篇小说来记录自己的一生，将我所有的经验揉成碎片，再把他们塞进故事的角落。可正如之前所说，我没有时间了。

我所有的梦魇中都有水。气泡幽幽地在液体中升腾，我蹬动着自己的双腿，鼻子像是被什么东西塞住了似的，让氧气无法通过。

我挣扎着从羊水中爬出，出生在一个普通的公立医院。我的母亲李兰春看见生的是个女孩，是否露出了遗憾的表情，这我不得而知，但根据后面的故事来看，她当时一定很遗憾吧。

李兰春在生下我之后就患上了严重的产后抑郁症。据我的奶奶所述，她当时连看都不想看我一眼。抑郁症的加重，让她在生下我之后的第三个月不辞而别，独自前往深圳，去寻找她日记中的诗和远方。

我的父亲当然不具备抚养小孩的能力，他被一个卖保健品的朋友忽悠去了上海，从此成为永久登记在册的失踪人口。有人怀疑他并没有失踪，奶奶说有时在家乡的大街上会见到和他面目相似的人。我权当这是她思念过度。

我和父亲有着近乎一模一样的长相，这让奶奶对我格外疼爱。在十岁之前我过着和正常孩子一样幸福的生活，直到李兰春敲开奶奶家的门。

我躲在奶奶身后看着这个陌生的女人，一番争吵之后他们达成了共识。一个算不上美好的早晨，我被送到李兰春的出租房里，奶奶拗着我的脑袋，说：“叫妈妈。”

人类的一切行为都出自利己的本能。这个女人终于明白了生活的苟且，现在想要找一个替她养老的人。

李兰春是个不善言辞的人，她教给我的唯一技能就是她那种无端的愤怒。她经常抱怨自己在股市中赔了个精光，并将这一切归咎于背后的操盘手。她所有的存款都被股灾吞没，只能回到家乡的工厂上班。

得益于她粗糙的生活技能，我经常穿着两只不一样的鞋子去上学。沉迷于酒精的李兰春老是会忘记家里有一个不会做饭的孩子，我数不清那几年饿了多少顿。

在我十五岁那一年，李兰春遇见了爱情。

对方是厂里的电工，有着一双粗糙的手和坑洼不平的方脸。

母亲把他带进门时让我叫爸爸。我说我至今都还在叫你李兰春，你哪来的自信让我叫他爸爸？

叔叔是个沉默寡言的男人，称得上能干，在他的操持下这个家变得越来越宽裕，李兰春的脸上也渐渐出现了笑容。她开始像个正常的女人一样对丈夫撒娇，不过这样的行为让我感到十分恶心。

不得不说李兰春和她的前夫有着优秀的基因，十五岁那年我开始飞快地发育。在与同龄人的对比中，我骄傲地认为自己算得上是一个美丽的少女。我有一双修长白皙的腿，这是我全身上下最漂亮的地方。

炎热的夏天，叔叔在饭厅喝着冰啤酒，我穿着三分短裤从卧室走出来吃饭，有些醉意的他直勾勾地盯着我的双腿。十五岁的我隐隐明白这种眼神背后的含义。

我越来越害怕面对他，把自己包裹得严严实实，但更加可怕的事情正在悄悄发生。我惊讶地发现衣柜中少了几件内衣。

我将这件事情告诉李兰春。叔叔离开了这个出租屋，再也没有回来过。

李兰春结束了她快乐的时光，她重新爱上酒精，脾气也变得越发古怪。事情正是发生在她的醉酒之后。

出租屋经常停水，洗手间有一口大大的水缸。那一天我正在镜子前洗漱，李兰春跌跌撞撞地冲了进来。我从镜子里看着身后的她，她在毫无理由地哭泣。紧接着，她抓起我的头发。

我试图反抗，但她有着一身我无法撼动的力气，她把我的头按进水缸，我大口大口地呛进带着铁锈味的自来水。过了十几秒，她把我的头抽出来，我贪婪地呼吸着久违的空气。

正当我向她提问的时候，她再次把我按进水里。

如此反复十余次，在我以为自己即将要溺死的时候，她松开手，背靠在墙壁上，无力地坐倒在地。她恶狠狠地看着我，嘴唇翕动着。

“是你毁了我的人生。”

从那之后我再也没有去过游泳池。

3

我伸了个懒腰，从书桌前站起，走到落地窗前，看着下面的景象。

大楼下面是一座立交桥，上面堵满了车辆，所有的喇叭都在徒劳无功地鸣叫着。在世界毁灭前的最后一天，这些人有自己想要去的地方。

主持人的声音从身后的电视处传来：“如果今天就是你的最后一天，你会选择和谁在一起呢？”我重新把目光投向窗户，这些堵在路上的人，不知道还有没有机会见到自己正在思念的人。

高铁、机场、高速公路，所有的交通路线都瘫痪了。就像被水淹的蚂蚁，人们茫然逃窜。

王择端从背后环抱住我，我把手贴在他的手上，感受着那双手传来的温暖。我们都做出了相同的决定，选择和对方在一起。

我和监督者一样不相信人类，但是我相信面前这个温暖的男人。如果没有他，我走不到今天。

“你不给你妈打个电话吗？”他说。

“如果这场游戏是票杀，我都不敢保证自己能不能忍住不写她的名字。”我对王择端微笑。他理解我的经历，所以不再多言。

短暂的休息后，我回到书桌前，掰了掰手指，继续记录我一生的故事。

高二开始我发现了自己写作的天赋，老师推荐我参加一个全国性的作文大赛，我的作文在比赛中获得了第一名。学校把我的作文贴在公示栏最显眼的地方，开家长会时，所有人都簇拥在那里。

人群中我看见了李兰春，她穿着一身碎花裙子，手里拎着个滑稽的帆布包。她站在人群最前面，阅读着女儿写的故事。

作文中有一头生活在乌有国的狮子。她的丈夫在狩猎中死去，她独自抚养着尚未足月的幼狮。长期的育儿生活让她身心俱疲，她逐渐开始怀疑这件事情的意义。她把“不能捕猎”等等这一切都归咎于自己的孩子。在饥荒季节电闪雷鸣的夜晚，她吃掉了幼狮。

回家后李兰春什么都没有说，我不知道她能不能读懂这篇作文，如果她打我的话，我想我会反抗。我从写作中找到了一种力量，这种力量给了我支撑。我开始思考一些关乎正确性的问题，我认为为人父母需要资格，李兰春给我带来的伤害永远不能被抹去。

十七岁开始我不再长高，医生说这是由于青春期营养不良所致。

我考上了一所离家千里的大学，飞似的逃离家乡。我的人生从那一天开始，翻开了新的篇章。

我用自己的稿费付学费和生活费，再也没有向李兰春索取过一分钱。我的文章得到了越来越多的认可，大学的文学社长王择端拜服于我的天赋，他说我的文章晶莹剔透，一定会获得成功。

在他的眼神里，我看见了比欣赏更多的东西。每一个漂亮的女孩都认得这种眼神，我在自己的青春期里曾无数次看到过。但因为从前的经历，我厌恶男人，我用最委婉的方式拒绝了他。

王择端是个无法让人讨厌的人，在那之后他并没有灰心丧气，而是选择用另一种方式留在我身边，扮演着一个善解人意的学长，为我耐心地修改文章。尽管当我们独处的时候，我能感受到他内心被按捺住的渴望。

我无法去顾及这些，我一心一意想获得成功，我需要钱，我需要成名。我需要它们带给我的安全感。

大三那一年，我遇见了机会。

对方是一个久负盛名的出版社，我成功地入选了一个新人作者计划。如果能在这个计划中顺利出版小说，也许我可以实现自己的梦想。

在一家咖啡厅里我见到了出版社的编辑，我局促地搓动着双手。他对我张开手掌："五万。"

"我们的书号已经排完了。如果你要加入这一批出版，需要自己拿出五万块来购买书号。"他说，"当然，这笔书号费是肯定能赚回来的。"

陪同我前去的王择端小心翼翼地对我说："或许你可以问问你的家人？"

4

我抬起头，电视上的倒计时已经进入最后两个小时，这意味着我必须加快速度。王择端坐在沙发上，在生命的最后一天，他没有因为女朋友选择写作而生气，他理解我。

我把笔记本搬到沙发前，在他身旁坐下。他放下手中的手机，“社交网络上有很多互票群，好像还有一些人没有投票。”

“加入这种群，只是为了保证自己被人投的概率更大一些罢了。”我摇摇头，“我不知道有什么意义。在这种天灾面前，哪里有人会相信别人。”

除了我们之外。

我和王择端约定好在最后一刻写对方的名字。我相信他，不是因为他不会猜疑我，而是因为他就是这样的人。

我端起笔记本，继续写作。

对于一个大学生来说，五万块钱无异于天文数字。我无法向王择端解释我家里的情况，只好胡乱应允。王择端似乎觉察到了什么，这几个月他一直在拼命接兼职，有人告诉我，他正到处借钱。

距离付款日越来越近，我想尽了一切办法，就连奶奶也拿不出这么多钱。在这个时候，我想起了李兰春。

就算去求她一次，也不要紧的吧。

她从未好好抚养过我，就当她欠我的吧。

不，我只是问她借，我一定会还给她的。

我坐上火车回到家乡，李兰春还住在那个出租屋里。这三年我从未回家，看到我的那一刻她有些愕然，我惊讶地发现她的头发中夹带了一丝花白，她老了。

“我想问你借五万块。”我对她说明来意。

“你要做什么？”她惊讶地问我，我对这样的问题感到厌烦。

“出版小说。”

“什么？要这么多钱？”

“就是小说。”

“你不会被人骗了吧？”

…………

接连不断的问题让我的耐心终于到了极限，不记得是谁先发火的，我们爆发了激烈的争吵。她始终不愿意给我借钱，我痛哭着，控诉她对我造成的伤害，最终我摔门而去。

我回到学校，按下自己的野心，我不再对出版小说这件事抱有希望。

在付款日的最后一天，我的银行卡上收到汇款，金额是55212.9元。对方显示的是不记名账户。在收到汇款的瞬间，我立马想到了王择端。

这个傻瓜。

在我的再三逼问下，王择端承认了这笔钱是他汇的，他不希望我因为他给我筹钱而产生负担，所以选择不记名汇款的方式。这样的人，我相信他会在投票时写下我的名字。

我的书成功出版了。

我成名了。

我和王择端幸福地生活在一起。

这就是我一生的故事。我有过悲惨的遭遇，也迎来了救赎。我今年才二十几岁，如果再让我活几十年，想必有更多的故事可以讲。

王择端看着我写下最后这一段，不知道为什么，他的表情变得有些奇怪。我看向电视，上面的倒计时已经进入了最后十分钟，也许他是因为害怕。

没有办法的，我也感到害怕。面对可能发生的死亡，没有人会不害怕。

正如监督者所说，人类是个很难让人放心的种族。我们争斗，我们猜疑，我们会伤害自己的后代，这样的种族没有资格在宇宙中存续。

只要超过百分之五十的人选择自己，全人类就会迎来毁灭。

时间一分一秒过去，王择端紧紧抓住我的手，我看着他，对他点点头。“没关系的，相信我。”我说。我尽可能地安抚着他，就像他一直以来对我做的那样。

最后一分钟，我们掏出手机。

监督者接管了讯号，合成音响起：“死亡会发生在投票时间结束后的一秒之内。你们会以毫无痛苦的方式死去。”

他是如何做到的呢？我想。精准地杀死每一个该死的人，这是地球人无法想象的技术。

最后一分钟，我们掏出手机。

在手机上弹出的页面里，我毫不犹豫地写下了王择端的名字。

最后十秒钟，王择端握着我的手开始猛烈地颤抖。

我们相拥。

3

2

1

时间到。

一秒钟之后，我不可思议地看着王择端，我们都活着。他也是一脸不可思议的表情。

超过 50% 的人选择拯救他人，人类活下来了！

我捧着王择端的脸庞，喜极而泣。不过他并没有像我一样开心，他把头深深低下，恨不得把它埋进胸口。

他太害怕了。也许。

5

在这场浩劫中，人类失去了无数的同胞。这些人被称为“单向拯救者”，也就是说他们救了别人，但却没有人写下他们的名字。

为了清理这些人的尸体，人类动员了全部的社会力量。他们是人类的英雄，是真正的利他主义者，每一个人的名字都值得被铭记在文明的历史上。

一个月以后，交通恢复。

这天，我买了一张回家的机票。不知道为什么，我想去看看李兰春。她也许已经死去了，她生前并没有什么朋友，也没有关系亲密的家人。她只有我一个女儿，如果她死了，我应该为她收殓。

一路上到处都能看到焚烧炉升起的浓烟，整个天空都被染成了灰色。

我已经十年没有回过家了，但我想她应该还住在那个出租屋里。我有一把钥匙，如果她没有换锁的话，我可以进去。

我尝试着敲门，里面没有回应。打开房门，屋里的陈设仿佛从未改变过，餐桌上铺的还是那块花格子布，破破烂烂的沙发摆在原本的位置。和以前不同的是，这里变得更加整洁了。

在靠窗最显眼的位置，摆着一张书架，这应该是新添的家具。我走到家具前，惊讶地发现上面摆放的竟然全部是我的书，我出道以来的所有作品都在这里。

我随手抽出一本，书脊上一尘不染。这里经常有人打扫。从右到左一路扫过去，最左边摆着的是一本中小学生作文集。我翻开它，第一篇是我的作品，一个孩子与母亲的故事。

放下作文集，我走进母亲的房间。窗帘被紧紧拉上，我打开灯。窗前有一个桌子，上面摆着一块玻璃镇纸，我看见桌子上似乎摆放着什么东西。我走过去，那里摆着一部手机、一张存折和高铁票。

我拿起存折，从第一页开始，除开一些小笔支出，几乎所有的内容都是进账。直到中间的某一页，余额忽然变成了 0，那之前写着“-55212.9”。

一瞬间，从投票日开始的许多疑问都得到了解答。我颤抖着双手，拿起高铁票。高铁票上的目的地，是我的城市。

手机上传来信息推送声，我瞟了一眼标题，上面写着“投票结果初步统计。”我打开新闻。

“在关系到全人类存续的考验中，我们有超过半数的同胞选择了让他人存活，现在，投票数据已经得到初步统计：有61%的人投票时写下了其他人的名字，而令人震惊的是，其中85%的人选择的都是自己的子女。人类，用令人惊叹的决心，延续着自己的文明。”

“我们用残酷的答案向监督者证明了这一点——我们是有资格走下去的种族。”

手机上的文字变得越来越模糊，远处传来嘈杂的歌声。隐隐约约一阵臭味不知从什么地方飘来，从我鼻腔一路钻进大脑，那闻起来就像冰箱里放了太久的肉类。

我的母亲，在冰冷的地上腐烂。

“妈妈啊，我刚才杀了个人。”

可是生活才刚刚开始。

人生的每一道伤痕，

都是遗憾的化身。

Chapter 7

/

毕业照上的幽灵

1

毕业证和其他杂七杂八的东西一起，被放在书房角落的杂物柜里。仔细想想，我已经很久没有见过它了。如果不是学长们的谈话勾起了我的某些回忆，我迟早会忘记它里面藏着一张照片。

我算是个天性凉薄的人，能避免的社交活动永远不会参加——参加过一次同学聚会，见识到席间的种种俗态之后，我就对这种虚伪的活动敬而远之了。

所以哪怕是同一个班主任，我也完全插不进学长们的话题。而“班主任”的形象对我来说，只是一个模糊的、成日梳着一成不变的马尾的中年女性。

只是二十五六的年纪，我却完全丢掉了初中时代的记忆，看来我也提早进入了更年期。想到这里，我打开玻璃柜门，继续翻找起来。

很快，一张夹在高中毕业证中的照片进入了我的视线。我将它从毕业证中抽出，掸去边角上的灰尘，饶有兴致地看了起来。

首先映入眼帘的是一行题字：2007 届初三四班毕业生合影留言（54 人）。

我从坐在第一排的老师们看起，在画面的正中央，一位扎着马尾辫的中年女性坐在长椅上，穿着一身带着黑色斑点的灰色连衣裙，单薄的嘴唇上方是略显突兀的鹰钩鼻，这使她的整张脸显得有些阴郁。

我顺着照片左手一一数着画面上的人们，回忆的开关被悄然打开。

2

2004年，市一中实行了大刀阔斧的教改，全市5000名应届生齐聚于教学大楼内。学校要从中选拔出400个尖子生，再从这400个人中选出数十个精英组成少年班。

入学之后，我们进行了例行公事般的自我介绍。穿着灰色连衣裙的中年女性沉默地站在讲台旁，用冰冷的眼光审视着每一个上台的人。

她就是我们的班主任——林玉。

22……23……

我数到了站在我旁边，亲切地搂住我肩膀的张宝毅。

轮到这个小矮子上台的时候，他接过粉笔，一本正经地在黑板上作起了画，直到一个公鸡成形，我才看明白他画的是中国地图。

他又花了将近三十分钟，把整张世界地图画在了黑板上，并标出了每一个国家的首都。转过身，他骄傲地点了点头："大家好，我叫张宝毅，我的特长是画地图。"

这段记忆让我忍俊不禁，接着往下数去。

35……36……

由数十个尖子生组成的班级必然需要相应的管理条例，对此，林老师对我们实行了堪称军事化的管理方案。

她首先禁止课间打闹和玩耍，然后计量了每一个同学中午回家的路程，为每一个同学算出了吃饭和返校的时间，所有人都必须在自己相应的时间区间内返校，回到教室进行额外的学习。

哪怕是周六，也不可以和同学结伴出游。她早已规定好周末的全部学习任务，并在每个周一和家长一一确认。

那时我正迷上一款时兴的网游，终日沉溺于网吧的我，被她用这套方法逮了个现行。

“你这是在放弃你的人生。”办公室的气氛凝固了一般，我低头看着自己紧紧握在一起的双手。

“我们班上不需要这样的人，如果再让我发现一次，我会向年级主任申请，把你放到其他班级去，明白吗？”林玉的声音中没有透露出一点情绪，我却被她的威慑力吓得动弹不得。

我的大腿根一阵阵发软，左手背贴在另一只手的手心上，冰凉彻骨。

“难道你跟 × × 一样，梦想就是打游戏、做游戏？”她嗤笑道，“需要我帮你告诉你妈，送你去专门打游戏的学校吗？”

奇怪的是，我记不清她说的这个人名，只记得她说的这件事情。这句话是她确实说过的，可那个人到底是谁呢？

之所以想不起来和班主任有关的记忆，大概就是因为这样的经历吧。人会有意识地避开伤害过自己的记忆，而班主任的恐吓和控制，是笼罩在我初中记忆上空最浓重的阴影。

但无论如何，改革最终取得了重大的成果，全市中考前十名里，我们班占了七位。直到三年后的高考录取榜单上，也有不少同学来自曾经的初三四班。

我摇摇头，接着往下数，很快把照片上的人数到了尽头。

52……53……

我下意识地看了一眼照片上方，那里赫然写着 54 人。我重新数了一遍，可是照片上的确只有 53 个人。

我仔细回忆着照相时的情景，想起来的却是另一幅画面。

那是天气晴朗的夏日午后，摄影师躲在体育场的白玉兰下乘凉，班主任林玉在拍摄区走来走去，反复教着我们应该摆出什么样的微笑。

“只露出八颗牙齿。”她的嘴里咬着一根筷子，“表情不可以太夸张！这样会显得不端庄！”

她一一调整着每个人的表情，直到满意为止……

53张一模一样的笑脸，53双呆滞的双眼，他们静静和我对视着。不知道为什么，我的脊梁骨流过一行冷汗。

3

和两位学长的聚会是发生在上周的事情。

当激昂的交响乐把我从走神中拉回来时，咖啡厅里正在鸣奏德沃夏克的《自新大陆》，仔细听的话能发现是从第二节开始的。

我拿起桌上的美式咖啡啜饮了一口，发现两位学长仍然沉浸在无休无止的怀旧当中，无奈地暗暗叹了口气，回忆着和他们相识的经过。

刚考上公务员的我入职了本地的机关单位。在办公室里自我介绍之后，一位约莫三十来岁的同事亲切地搂住我的肩膀："市一中的吗？我也是市一中毕业的。"没有来得及商量，我就被他拉入了他的亲密校友名录。

机关单位里往往有校友抱团的传统，当他知道我们还是同一个班主任教的以后，我也顺理成章地加入了他每周一次的私人聚会——虽然并没有什么共同话题。

"记得初一入学时候的自我介绍吗？你小子上台就说，我要成为赵本山那样的男人……"说话的是陈庚。他是学长初中时的死党，也是这场聚会的另一位主角。

"哈哈哈……"学长爆发出夸张的笑声，把大理石桌上的咖啡震起一片涟漪，他张大嘴巴看向我，似乎在约我一起笑出声。我也只好从嗓子眼里挤出几声干笑，这忍不住让我咳了起来。

我连忙看了看两位学长，所幸他们沉浸在学生时代的趣事里，没有看穿我拙劣的演技。

"不过说起来，当时好像还有另一个奇葩，他说他要成为超级厉害的游戏制作人，做出《仙剑奇侠传》这种脍炙人口的 RPG[①] 游戏。"

不知怎的，我隐约感觉自己好像在哪儿听到过相似的话。

"对啊！上回同学聚会的时候，老师不是提到过他吗？叫什

---

① 全称 Role-playing game，角色扮演游戏。

么名字来着？”

“你不说我还差点忘了，他好像从来没有参加过同学聚会吧。”陈庚摇晃手中的咖啡杯，“不是说在曼彻斯特读研之后就去了硅谷吗，好些年都没回国了。”

曼彻斯特、硅谷，这两个关键词似乎又触发了我脑海中一些久远的记忆。只是，不论我怎么绞尽脑汁，都想不起来它们被封存在大脑记忆中的哪个角落。

不记得在哪儿看过这样一个理论：人类经常会对陌生的事物产生熟悉的感觉。举个例子，当你来到一个从未来过的地方，却感觉自己好像看见过这里的风景，这种足够被称为“熟悉”的违和感，是心理学中的某种现象。

如果这样解释的话，那这种古怪的感觉也不足为奇了。于是我丢掉这个念头，重新加入两位学长的对话之中。

离席之前，我礼貌性地加上了陈庚的微信。

4

我和张宝毅约在学校附近的奶茶店，校门口两排法国梧桐和我们上学时一模一样，几个小食店的老板脸上也看不出老去的痕迹，这让我产生了一种回到学生时代的错觉。

“初中时代可是惨痛的回忆啊。”张宝毅扶着额头说，“光是想起来都心惊肉跳。”

也不怪他说出这样的话，我们的班级由数十个尖子生组成，所学的教材进度领先其他班级半年以上，难免会有智力发展跟不上进度的同学。如果连续三次考试位列倒数前三，就有被踢出班级的危险。

这是林老师引以为豪的淘汰制度，而张宝毅小学上得早，是全班年纪最小的同学，到了初二的时候，他的学习成绩就有些跟不上了。

为了弥补这种差距，他最后一年几乎每天都写作业到凌晨一点，才堪堪咬上大家的尾巴。而林老师每隔几天都会致电他的家长，确认他是否付出了加倍的努力。

一番寒暄之后，我掏出了早已准备好的毕业照。

“所以你的意思是，原本应该有54个人的照片上，却只能看到53个人？”张宝毅的指尖在照片上滑动着，睁大眼睛数着上面的人头，“听你这么一说，好像真是这么回事。”

我在装满咖啡渣的烟灰缸里死死掐灭烟头，紧接着说道：“难道你不觉得奇怪吗？我昨天晚上把这张照片看了一宿，怎么也记不起缺的是谁。”

“可能因为生病或者转学没能参加拍摄吧，这有什么好奇怪的。”张宝毅眯起眼睛，“奇怪的是你吧！一个从来不参加同学聚会的人，怎么突然对毕业照感起兴趣了？”

“我怕我得了阿尔茨海默病行吗？得和你确认一下！”

“缺席的话…应该是那个人吧？他好像从初二开始就经常因为身体原因请假了，叫什么名字来着？”张宝毅拍了拍脑袋，“噢对了！肖洒！”

听到这个名字，我的记忆里某个模糊的地方像是被擦拭过的潮湿镜子，刹那间清晰起来。

“你想像肖洒一样，梦想就是打游戏……”

那天在办公室里，林玉对我提到的名字就是肖洒。我仔细回忆着，脑海里很快出现了一个形象，他留着遮住眼睛的刘海，总是穿着大一码的 polo 衫，沉默地坐在教室后排的角落里。

不知道从什么时候开始，就很少在学校看见他了，林玉说他得了一种慢性病，需要在家里静养。从认识到毕业，我似乎也没有机会和他说上几句话。

“是那家伙吗？”我说，“就是梦想说是要做游戏的那个。”

张宝毅听了这句话，似乎补完了记忆中的最后一块拼图，猛得笑起来：“哈哈哈哈对！你记得咱们第一次同学聚会吗？林老师说他去曼彻斯特读研究生了。”他点起一支烟。

“这家伙老是留着个小平头，冬天也一样，不嫌冷！”

“小平头？我记得明明不是啊。”我不解地说。但是脑海中似乎有另外一件困扰着我的事情，那就是曼彻斯特这个关键词。

“对，曼彻斯特，后来几回你没来。他们说他去硅谷实习了，不知道现在有没有在做游戏。”

“你说什么？从曼彻斯特去了硅谷？”我的心里咯噔一声，终于明白了和两位学长聊天时，那种奇怪的熟悉感从何而来。

我们不止拥有同一个班主任，原来我也有位同学从曼彻斯特去了硅谷！不……他们俩在入学的自我介绍仪式上，不约而同地说出了想要成为游戏制作人的梦想。

这是巧合吗？我无法相信世界上会有这样的巧合。无尽的疑问从我的脑海中升起，我下意识地拿起手机，找到那天加上的陈庚，给他发送了一条微信：“学长，那天您说您班上有一个梦想是成为游戏制作人的同学，请问他叫什么名字？”

“怎么了？你的脸色好像有些不好。”张宝毅侧过脑袋，关切地问道。

“没事，可能是昨天没睡好……”我装作若无其事地笑了笑，“林老师现在怎么样？我都好多年没见过她了。”

“她啊，巧了。”张宝毅压低声音，“她是真得了阿尔茨海默病，据说现在连自己的名字都忘得一干二净，从上次同学聚会开始就没见过了。”

这时微信提示音响起，我打开手机。

“好像是叫肖洒……对了，问这个干什么？”

5

在搜索引擎上，关于“Y 市一中肖洒”的关键词检索结果有很多，但大概因为这是个寻常的人名，搜索到的都是相近的信息，没有一条指向肖洒这个人。

这个毕业照上不存在的第 54 个人，就像是一个无处不在又虚无缥缈的幽灵，徘徊在所有人的记忆里。

他究竟是谁呢？

两位学长比我们大一轮，他们毕业的那一年恰好是我们入学的时候，两届应届生中都有这么一个人。他的梦想是成为游戏制作人，大学毕业以后从曼彻斯特去了美国硅谷。

如果说这世界上只有一个人能够解释我的疑问，那就是身为这两届班主任的林玉本人。可如同张宝毅所说，她已经患上了严重的阿尔茨海默病，失去了大脑中的全部记忆。询问她是没有意义的。

我隐约有一种感觉，真相就藏在整件事的起点中。如果我能找到和肖洒相遇的最初时间，或许就能解决所有诡异的谜团。

我坐在书桌前不住思考着，但这件事就像是一场被吹响哨子的跑步比赛，我越用力，答案——起点就离我远了一些。而恰恰相反……越来越多无关此事的回忆涌了上来。

那是发生在初二时的事情。

初二下学期，我们正式进入了中考备战状态——这句话毫不夸张，因为我们已经学完了初中的全部课程，进入了复习阶段。

在林玉的要求之下，全班同学必须在周末来到学校补课，留给我们的休息时间只有周日下午短短的几个小时。尽管私底下怨声载道，但我们还是成了唯一一个接受周末补课的班级。

但紧锣密鼓的补课计划在持续了两周之后便告一段落，原因是有人在教育局匿名举报了这件事情。当时教育部的方针是给中小学生减负，补课是绝对不允许的行为。

那一天的自习课上，林玉在讲台上眯起眼睛扫视着她的学生，似乎在用那双细长的眼睛看穿每个人的心。窗外，电闪雷鸣。

“你们以为老师愿意补课吗？”她低声说道，然后猛地提高音量，用一种尖锐到不可思议的声音吼道，“还不都是为了你们！”

“我现在给你们一个机会，是谁举报的，自己站出来，老师不会惩罚你。”她换了一种温柔的语气。

没有人站起来。

“好的，好的，你们很好。”她的声音像是从胸腔中挤出来的似的，“现在，每个人依次站起来。”

“所有人都走到教室外面，然后依次走进来。如果你们知道是谁做的，告诉老师，没有人会知道是你说的。”

依照她的命令，我们来到教室外面，从第一个人开始，每个人都面无表情地注视着从后门走出来的同学。

没有人知道谁是那个检举者，也没有人知道告密的是谁，我们每个人都可能是另一个人的背叛者……这一刻，每个人都不相信身边的人。

过了许久，大家重新回到教室。

“老师已经知道了。”林玉平静地说，“但是老师这次不会责怪那个人——肖洒。”

我回头朝垃圾堆的方向看去，那个人今天也没有来学校。

“但是如果有下一个，就别怪老师不客气了。”就在她的话音落地时，一道惊雷炸响。

我将思绪从回忆中收回，重新看向面前散发着幽幽白光的电脑屏幕。尽管只有模糊的猜测，但是我似乎找到了一些关键的东西。

6

再次坐在咖啡厅时，我把两位学长和张宝毅都叫来了现场。经过简短的介绍之后，所有人都用好奇的眼神看向我——他们急于知道我的葫芦里卖的是什么药。

“三位，今天叫你们来，我是想解答自己心中的一个疑问。”我说道，“两位学长，你们把毕业照带来了吗？”

陈庚率先拿出毕业照，我点点头：“你们数一数上面有多少个人，再和题首的那个数字对比一下。”

两人数了起来，不久，似乎约好了似的发出一声惊呼。

“怎么会？少了一个人！”

“仔细想想，这个人的名字是不是叫肖洒。”

听到肖洒这个名字，张宝毅睁大了眼睛：“肖洒不是我们的同学吗？怎么会出现在他们的班上？”

我把两位肖洒的事情一五一十地告诉他们之后，紧接着说道：“似乎我们都有一个叫作肖洒的同学，他不爱来学校，梦想是成为游戏制作人，从曼彻斯特去了美国硅谷。”

“世界上怎么会有这样的巧合？”

“还有一个巧合是，我们都有同一个班主任。”我说，“其实到目前为止，我的心里也没有准确的答案，这个答案需要三位和我一起揭晓。”

“请你们告诉我，肖洒的外貌是什么样子？”

“中等个子，白白胖胖的……”陈庚的话说到一半，立马被学长抢过话头，“不对啊！我记得他是高高瘦瘦的，老穿一双蓝色帆布鞋。”

“你的记忆里，他是平头。”我没有加入二位学长的讨论，而是转头对张宝毅说，“但是我记得，他有一头厚重的刘海。”

“为什么？如果说学长记忆里的那位肖洒是另一个人，这还可以理解。那我们记忆里的肖洒为什么会完全不一样？”张宝毅说。

“只有一个可能性，肖洒的样子是我们想象出来的。这是唯一的可能性，只有这个理由才能解释他为什么有这么多副面孔。”

“我知道你们现在很困惑，但是请让我再确认一个问题，你们第一次见到肖洒是什么时候？”

冥思苦想一番后，如我所料，他们和我一样，没有人能回答这个问题。

“但这件事有一个共同点，那就是他去曼彻斯特读研和去硅谷工作的事，都不是我们亲眼所见。”

“是同学聚会上，林老师说的。”陈庚说。

“是吗？我也是在同学聚会上听林老师说的。”

“那请你们仔细想想，关于肖洒的那些事情……比如他在自我介绍中发表的讲话，你们有亲身听到过吗？还是和他的未来一样，是从另一个人嘴里得知的呢？”我接着说，“如果我猜得没有错，这里没有人听到过那场自我介绍，但是我们都相信它发生过。”

“因为有一个人，在不停地给我们种植心理暗示。她告诉我们，肖洒做了些什么事情，肖洒去哪儿了，肖洒后来怎么样了……”

“你的意思是……”张宝毅率先开口，他的脸上没有一丝血色，摆在桌上的双手不住地颤抖着。

“人的记忆，是可以篡改的。”

这就是我发现的答案。我翻遍了记忆的每一个角落，怎么也找不到和肖洒这个人产生直接接触的场景，但我是如此相信他的存在。这种相信就像是根植在大脑深处的一道指令，让意识到这一点的我恐惧不已。

直到我发现，我所有和肖洒的接触，都来自林老师积年累月的暗示。是她让我相信这一切，她凭空制造了一个不存在的同学，而且在毕业以后，还利用同学聚会维持着暗示的力量。

如果说这个暗示有漏洞的话，只有一个——肖洒是不存在的。没有人见过他的模样，接纳了暗示的我们，只能在潜意识深处用自己的想象制造一个投影，所以每个人记忆里的肖洒长得都不一样。

我想，这个匪夷所思的尝试之所以能够成功，很大一部分原因是她在学生时代建立的恐怖威信。而我之所以能意识到这种违和感，大概是因为在第一次聚会以后，我就从未参加过这场盛大的集体催眠。

我们相信她能够控制一切，就像臣服于上帝的选民，盲目地接纳她输出的每一句话。

现在，只剩下一个问题了。

她为什么要制造这个幽灵。

7

林老师住在学校后山的教工小区里，由于最近新建了一个小区，所以这里住的大部分都是离退休员工。小区有些冷清，一路上只能看到几个老人坐在稀稀拉拉的树木下晒着太阳。

“你知道吗，昨天我在网上搜到一个数据，离退休教师的阿尔茨海默病发病率是非常高的。”张宝毅对我说，“有一部分教师具备隐性的偏执和控制型人格，拥有这种人格的人在失去可以控制的事物之后，很容易陷入病态的心理情绪中。”

“你恨她吗？”我抬头看着楼道口的单元号，“每天写作业到半夜一点，你一定也很痛苦吧。”

“最开始是恨的，后来就觉得没什么了。”他摇摇头，“反正大家都一样，被谁控制又有什么区别呢。”

我按下门铃，大概过了十秒钟，门打开了。

出现在门口的是一个穿着黑色针织衫的老人，从模样上来看应该是林老师的爱人，他看见我们来访，错愕了一瞬：“你们好。”

“你好，我们是林老师的学生。”我递上手中的礼物。

林老师住的是一套简单的三居室，虽然条件算不上富裕，但是每一处角落都收拾得井井有条，看得出经常有人打扫。

“抱歉，她可能没有办法和你们聊天了。”老人招呼我们走进客厅。

顺着他的目光我们看向阳台。尽管只有一个坐在椅子上的背影，但我还是能通过那个花白的马尾和她身上的灰色裙子认出她的身份。她佝偻着脖子，头却往上仰着，像是在看窗外的风景。

听到我们的脚步声，她的头缓缓往后转过来，借着这个瞬间，我看清了她的模样。看起来和当年并没有什么区别，只是多了一些皱纹，令人讶异的是，或许是因为脸部线条变得松弛下来，老去的林玉脸上已经全然没有了过去的那种阴郁，反而多了一份和蔼。

看到我们的样子，她似乎有些茫然，又好像有些失望。她的眼光停滞了一会儿，又转回了原处，痴痴地望向天空。

"从前年开始就是这样了，叫她的名字也没有反应。"老人为我们倒上矿泉水，在沙发上坐下。

“肖洒。”我试着说出这个名字。与此同时，坐在阳台上的林老师的肩膀忽然急剧震动起来，她猛地回过头看了看我的方向，似乎在寻找着什么。她的目光逡巡了一阵，叹了口气，重新转过头去。

“你们……”说话的是林老师的爱人，“你们是为这件事来的？”

“我们想要一个答案。”我说。

“我早就知道，会有人来问这件事情。”老人抹了抹眼角，看向阳台上的林玉，“她只有听到这个名字，才会产生反应。”

“你们是哪一届的学生？”

“2004 年入学，2007 年毕业。”张宝毅说。

“是实验班自主招生的那一年啊，你们应该以为自己是第一届吧。”老人说，“其实在 1998 年，自主招生就开始了。”

“那一年，几千个小升初应届生齐聚一中，接受内部考题的检测，从中选出的 45 个人，组成了那一届的实验班。其中有一个孩子，他的名字叫作肖洒。”

“1998 年也有一个肖洒？”张宝毅惊讶道。

“这 45 个人都是千挑百选出来的精英，除了这个叫肖洒的孩子——他是通过林玉的私人关系入学的。这孩子从小只爱玩电脑，哪里能考得上实验班啊。

“实验班的学习进度比其他班级快很多，很快，这个孩子就跟不上其他人的学习进度了。为了他的学习成绩，林玉给他布置了比其他人多三倍的作业量，他的每个周末，几乎全部时间都在补课。但是越逼他，他的学习成绩就越差。”

“越差，就越逼他。”我叹了口气。

“是的，到了后来的那些日子，他的生活里只剩下学习……无尽的学习……唯一的佐料就是林玉的斥骂。他越来越内向，没有人知道他在想些什么，直到那一个早自习……”老人的声音有些沙哑，“他从教学楼楼顶一跃而下。”

“林玉从来没有告诉过其他孩子，肖洒是我们的儿子。”

“肖洒……是你们的儿子？”

“这件事给她带来莫大的打击，她的内心似乎分裂出了另外一个人格，那个人格坚信她的儿子没有自杀，而是像往常一样在母亲的班级里学习……于是在下一届招生开始的时候，她从开学第一天就暗示所有人，你们有一个同学，叫作肖洒。”

“她苦心经营这一切，有时候我甚至分不清她是在欺骗别人，还是在催眠自己，但是总之，她的目的达到了。”

“所以自主招生暂停了，也是因为肖洒的死吗？”

“对。但是实验班带来了辉煌的战果，校方把学生自杀的事情压下去以后，时隔三年，再次启动了自主招生的方案。林玉的教学能力有目共睹，她也再次担任了实验班的班主任。”

“你们这一届学生毕业以后，我感觉不能这样下去了，就替她申请了退休。但她产生了另外一种妄想，她认为肖洒在英国的曼彻斯特读研究生，之后在美国搞 IT。”老人忽然笑了，“明明从小不让那孩子玩电脑的啊，见一次揍一次。”

“或许忘记一切，对她来说才是最好的结果吧。”

我看向林玉的方向，她正看着一只飞过窗外的鸟，它落在树梢上，叫了几声。过不了多久，它飞走了。

可抚天下不平之事;

无愧世间有愧之人。

Chapter 8

/

活人刀

1

十五岁，我离家。

金是五行之首，我金家是天下第一铸刀世家，所铸兵刃举世无匹。

十五岁离家，是规矩。我家一代传一人，一人铸一刀，一刀之后，再不铸刀，也是规矩。

父亲说，一个人的念是有限的，只够铸一把刀。我出发，是为寻这把刀的主人。

父亲说，刀是利器，不可随意为人铸刀。我问他，他的刀铸给何人，他说，是恶人。

“何为恶？”

“屠人者为恶。”

“他屠了多少人？”

父亲神色黯淡：“无数。”

“那我应该铸给谁？”

“这个答案你只能自己去找。”

我说，我要铸活人刀。

我爷爷的刀，铸予西京谪仙人。他一人一剑，赢了西京所有的游侠。他仗义疏财，平生所好唯独一盅酒，坐在酒肆的屏风旁，他写出“十步杀一人，千里不留行”这种脍炙人口的诗句。

西京是天眷之都，是英雄辈出的地方。我从小以为，我的刀主在西京，但我没想过，去西京的路上，有贼。

看见贼人围拢上来，我下意识地摸向腰间。

他们手持钉耙、生铁菜刀、擀面杖、案板等各类炊具，个个面黄肌瘦，眼窝深陷，不像是贼，倒像是从刚从田间归来的农民。

这时我忽然想起来，我还没有刀。而且我平生所学尽是金石冶炼之术，父亲忘了教我打架。

“你们要什么？”我捂住自己的行囊，“钱，我有的。”

一位丧眉耷眼的山贼朝我走来，我有些紧张，抱手作了个揖：“敢问阁下尊姓？”

山贼挠了挠脑袋，举起擀面杖：“免贵，叫我大脑袋。”

一闷棍敲晕了我。

我醒过来的时候，身下铺着草料，似乎是一处农舍。

周围有七八个倒霉蛋，和我一样，都是被捆来的。

过了一会儿，有人推门进来。我定睛一看，这副丧气，不正是敲我脑壳的大脑袋么？

我连忙捂住脑壳，生怕他给我再来一下子，没承想他竟为我们松开捆绑，示意我们跟他去。

见他手中拿着农具，我问：“你们也种田吗？”

“可不咋的，这不刚从地里回来。”

“抢人还不够你们干的啊？”

“青黄不接的时候才抢。天子修大佛，北疆战事多，税重。没粮食吃的时候，只能抢人。”他朝地上啐一口，“都是些穷光蛋，抢的不够吃的。”

我打量着这个山坳中的村落，不过四五栋零落草屋。我问他：“你家人呢？”

“我爹死在北疆。我娘……五年前就饿死了。”

我沉默。

“没见过吧？饿死的人，腹大如鼓，活像是吃饱了饭似的。”他接着说道，“我娘死时，手里还攥着一块馒头。给我活命用的。”

把我们带到坪上的饭桌前，他与其他几位山贼肃立在我们身后。

过了一会儿，一位小孩端上一道菜肴，我注意到大脑袋咽了咽唾沫。

“这是你弟弟？”我问。

“官道上劫的囚车，装满小孩，说是要运往西京。怕活不下来，我们养着。”

“废话太多了。吃饭。”他举起手中的擀面杖。

好肥一条胖头鱼。上面改着花刀，铺着细细的姜蒜末，酱油在肉间如山涧般流动。

我早已饥肠辘辘，看见这情景，不禁食指大动。

来不及多想，我抓起筷子。

“停。”

尚未嚼出滋味，山贼一声令下。小孩再次上来，满脸疼惜地撤下菜肴。

我与席间众人面面相觑，不知这演的是哪一出。

大脑袋走上前来，为我缚上手脚，朝其他人摆了摆手：“你们，全都可以走了。”

“我呢？”

“你不能走。”

“因为我长得好看？”

“因为他们都是穷鬼，你不是。”

“为啥？”

大脑袋狡黠一笑，“你吃鱼，一筷子下在鱼头上。不求果腹，只求一口鲜劲儿。他们不一样，他们争先恐后抢一口鱼腹吃，是穷人。”

我家吃胖头鱼，从来都是砍了身子，只食其头。万万没想到，我会栽在一口鱼肉上。

“我有一个问题。”我捂住脑门，“为什么所有活都是你来干，你不累吗？”

“呵呵，”大脑袋憨憨一笑，又挠起脑袋，“我们是神风怪盗团。”

他朝身后的众山贼一指，“这位是大哥，他是团长。这位是二哥，他是军师。”

我对两位领导依次致意：“那你呢？”

“我是劳动委员。”

“呃……”

大脑袋替我拿来粗纸笔墨，说：“写上你的姓氏、籍贯，家中有何人可以付赎金。”

一边写，我一边与大脑袋闲聊：“大脑袋，要是不做贼了，你会做什么？”

“我……”大脑袋迟疑着，“我会做纸鸢。我做的纸鸢可好了，飞得又高又远。”

他手舞足蹈地说着，似乎恨不得立马做一只来给我演示。

我在纸上写下自己的大名。

“你叫金闪闪？”

“是。”

“你是个妙人。放心，我们不杀你，让你爹付了赎金，我们立马放人。”

说罢，他压低声音：“你是你爹亲生的吧？”

“什么混账话！”

他又呵呵笑起来，只是笑到一半，表情忽然僵住了。

我顺着他歪斜的嘴巴向下看去，他的颈子上出现一道细细的血痕。

“嗬——嗬——”

他捂住喉咙，似乎不明白自己为什么失了声。

鲜血从伤口中喷射出来，像一只扶摇直上的红色纸鸢。

他缓缓倒下，女孩从他身后露出头来。

她微微踮起脚，拎着狭刀的双手束在身后，歪着一张脸打量着我。

那是一张未脱稚气的脸，天真中带着困惑。在她身后，三道纸鸢飞起。

好快的刀。

“是金家的公子吗？我来求你铸刀。”她抱拳作揖。

我哇的一声大哭出来："你！你屠了神风怪盗团。"

2

她的名字叫琉璃，我很害怕她，虽然她长得很好看。

她有一双剔透的眼睛，那双眼睛里无善无恶，无障无碍。

父亲说，出门在外，应该提防几种人。僧、道，还有长得贼好看的女人。我问他为什么，他摸着我的头说，以后你会明白的。

神风怪盗团一役之后，琉璃一直跟在我屁股后面，成天纠缠着我，让我为她铸刀。

"你别再跟着我了，我不会给你这种人铸刀的。"

我避开一架运着木材的马车。这几天在官道上看见许多这种马车，全是运往西京的。

接连三年大旱，天子集全国之铜，在西京修未来佛法身以求甘霖。

我从未想过西京是这个模样。它是那么的大，我一度怀疑它能装下全天下的人。大道上满是卖着奇珍异宝的摊贩，西域的翡翠、南海的珍珠……每个人都急匆匆的，走起路来带着风。

"喏。"

她给我递来一张胡饼，我犹豫了一霎，还是接了过来。

胡饼烤得微焦，上面洒满了大粒黑芝麻，真香。

"为什么不给我铸刀？"她接着说。

"你屠了神风怪盗团。"我说，"我不给恶人铸刀。"

“他们才是恶人，我是善人。他们绑你，我救你。”

“他们没得选。”

“我问你，什么是善，什么是恶？”

“屠人者为恶，活人者为善。”我说，“我要铸的，是活人刀。”

“这世上没有活人刀。”她摇摇头，“刀是凶器，生来便是要屠人的。你脑壳有问题吗？”

她伸手摸我的脑门，我一掌拍开。

我转头看去，她已不见踪影。

我摇摇头，加快脚下步伐。

今日便是大佛竣工的日子，为了庆祝，天子在大佛前设台举办比武大会。如果西京有我的刀主，想必他一定会出现在那里。

比武一日，决出冠军。

北疆再设台，冠军与北疆战神明将军过刀。胜则封三品骠骑将军，负则赏黄金千两，良田无数。天子亲自督战，是莫大殊荣。

待我赶到比武台时，比武早已开始。

我抬头看佛，佛掐与愿印看我。他高我一百丈，高天子八十丈。

比武台上设有观礼台，包厢以薄帘相隔。那是贵人们观礼用的台。

忽然人声鼎沸，又有一场胜负分出。

我挤破头去看，那人使的是一把雁翎刀。我看他，他看着观礼台，台上有卷帘拉开，他跪伏在地。

“这是有贵人相中他了，就算没拿到名次，他也能得个好前途。”左近有人说。

“他们比武，为的是前途？”我问道。

“学成一身文武艺，报与帝王将相家。不为前途，为的是什么？”那人笑道。

我一生只能铸一把刀，我的刀要铸给这样的人吗？

我陷入冥思，台上又有人决斗，众人鼓起掌来。

转瞬间时至中午，一阵猛烈的喝彩声把我的思绪拉了回来。

台上有宦人扯着尖锐的嗓子：“冠军决胜！”

喝彩声更加热烈起来，我看向比武台，忽然心中一惊。

那女子拎着一把狭刀，满脸漫不经心的表情，不是琉璃又是谁？

我注视着她，她忽然看向我的位置，做了个鬼脸。

我连忙移开视线，看向她的对手，那人使一对双刀。

我不懂武功，但不论从材质还是工艺上来看，那是一对好刀。我不禁为琉璃担心起来。

三声锣响，琉璃动了。

我注意到她握刀的手没有使劲，整把刀像是悬在手里。也正是因为这样，她的刀极快，转瞬间便与对手交锋数十次。

她的对手也很快，但是琉璃似乎比他更快一线。

那人似乎有些不服，便更加快了，他每次加快频率，琉璃也加快一些，后来已经看不见二人的挥刀过程，只能听到漫天的叮当声。

事物的运转速度到了某种程度，看起来就像静止了似的。所有人屏息，等待着决胜的那一刻。

“叮”的一声，二人停下了。

我听得明白，那是刀锋被斩断，落在地上的声音。

琉璃的刀锋懒懒倚在对手的肩膀上，她伸了个懒腰。

“胜者，明琉璃。”

雷鸣般的掌声响起了，观礼台上最高处的包厢拉开了卷帘。

我好奇地看去，却不见天子踪影。那包厢里站着个面白无须身着便服的中年人。

“是大司徒。”有人说。

原来如此。当今天子年幼，国事尽交予大司徒代政，这是人尽皆知的事情。我不懂政事，但那人看琉璃的眼神让我有些不适。

他微微眯着眼睛，佝偻着脑袋，斜视下方，像一条吐芯毒蛇。

琉璃耸了耸肩，我明白她的意思，这是做给我看的。意思是你没办法了吧，只能给我铸刀。我哑然失笑。

忽然之间，变数发生了。

也不知是从哪里开始的，人们一片片地跪倒下来。猝不及防之下，我只好随着身旁的人一起跪下。

我不知为什么要跪，只想着若是大家都跪了，唯独我傻愣愣地杵着，恐怕看起来有些不雅。

他们都看着同一个方向。

大佛悲悯的眼神被刻画得栩栩如生，在那对眼眶的下方，两行清泪正在汩汩流下。是佛在哭泣。

琉璃也转身看佛，她没有跪。

人群中出现了呢喃的声音，人们纷纷诵经。

我熟知铜性，现在是正午，天气炎热，铜遇热则会析水。他们不知铜铁形状，便都以为是神佛显灵，久旱之后的甘霖要来了。

哭吧，我想。

祭大脑袋。

3

西京没有我的刀主。

我没有和琉璃打招呼，在她接受天子嘉奖的时候，我悄悄离开了西京。

我至今不知道我的刀主应该是什么模样，但是我明白，我一生铸一刀，这把刀不要付与帝王家。

西京已经不是爷爷曾经待过的那个西京了，如今的西京没有游侠，也没有谪仙。我甚至暗暗怀疑，西京是不是一直都是这个模样，只是爷爷老了，看什么东西都比较美。

我从西京出来，一路往北走。大旱持续数年，一路赤土千里，放眼望去尽是龟裂的土地。我见到许多无人的村庄，因为种不出粮食，农户们变成了流民。

在一处州府附近，我发现路上的行人多了起来。我不知往哪儿去，便在人群中随波逐流。走到城内，我发现城里处处搭着便棚，棚前排着长长的队伍，棚子里有二三小厮，置着粥炉。

“这是谁施的粥？”我拉住一位过路人。

“城中戴家，戴善人。”

“戴家？”我问，“戴家怎么走？”

“你是想见戴善人？他每天都会在城中央的粥坊亲自施粥，你过去就能见到他。”

我道声谢，往前走去，行不了多久，便看见一处比别处大许多的粥坊，坊前的队伍也长了许多。我走到最前方，一位身着粗布青衫的老人正在施粥，他生了一张令人心安的面相，乐呵呵的。

有一位小女孩颤颤巍巍地向他递上粥碗，他呵呵一笑，用双手接过，给她添了个满满当当，几乎要溢出来。转瞬，他像是变戏法似的，从兜里摸出一把麦芽糖，放在女孩手里。

我心中大撼，像是有什么东西推着似的，一步冲上前：“见过戴善人。”

“小兄弟有什么指教？”戴善人一边添着粥，一边说，“如果要喝粥的话，请到后面去排队。放心，管够。”

“在下……在下金家金闪闪，正在出门游历。见阁下慷慨善举，心中悸动不已。在下……愿为阁下铸刀！”

我心中已明了，这就是活人刀要找的刀主。

“金家？五行之首，天下第一铸兵世家的那个金家？”

戴善人抚着长须，似乎十分吃惊。

“正是。”我有些自豪。

我被戴善人请入府中，他为我设宴。虽说是宴席，席间不过五道难见油腥的小菜，一盏劣酒而已。

我这时才发现，戴善人看似浆得精细的长衫上打满补丁。正当我狐疑之际，他开口了：“慢待了，不怕你笑话，我平时都和流民们一起吃饭。光是这几道小菜，都是让厨房紧凑出来的。”

一位家仆上前为我添酒，我连忙摆手拒绝。只是不知为何，他仿佛没有看见我的姿势一般，兀自往我杯中注着酒。

“他看不见，也听不见的。”戴善人解释道。

“为何？”

“我府中奴仆，都是些天残之人。这年头，放在外头，都是饿死的命。我于心不忍，便把他们收了回来。”

“大善。”我胸中热血翻腾，“请受后生一拜！”说着，我站起身来，弯腰作揖。

那日之后，他将府内匠房扩建，各类工具原料应有尽有。

得知我想铸活人之刀，他感慨万千。

他说他毕生信奉活人之善，为了救济灾民，就算散尽家财也不可惜。事实上，他也所言非假。他的宅子虽大，但这些天里我几乎没有看到一副值钱的家具。据家仆所说，许多东西都被他变卖换粮了。

我终于找到刀主，内心激动不已，在匠房内冥思数日，设计活人之刀。只是说来奇怪，任我如何绞尽脑汁，却怎么也找不到灵感。戴善人也来问过几次，但这把刀是我人生中唯一把刀，我不能随便动手。

这天晚上清风朗朗，月明星稀，锻炉烧得滚烫，我坐在角落里绘着图纸。

忽然，外面传来一阵敲门声。

我推开门，惊讶地发现来客竟是一个小男孩。他穿着一身破布衣裳，脸上脏兮兮的，满脸惊恐的表情。让他进门后，门外又传来一阵急匆匆的脚步声。

我推开门看了一眼，是戴善人的家仆。他朝我点点头，便继续向前跑去，看样子是在寻找什么东西。身后，一双小手抓紧我的衣裳。

“别害怕，告诉我，你怎么了？”

我蹲下来。男孩又扯了扯我的衣角，他似乎想要带我去什么地方。我随着男孩踏出匠房，他专寻被阴影遮挡的小道，带着我七弯八绕。

不多时，我们来到一处连屋前。

这个屋子在宅子的后方，是戴府的厨房。所谓君子远庖厨，我是一次都没有来过。屋门上悬着一把精钢大锁，厨房为什么要上锁？我犹豫一二，掏出一根铁丝。

锁也是器，在我金家人面前，没有摸不透的器。不多时，锁芯便打开了。男孩推开门，我随他而入。一股恶臭扑面而来，我下意识地睁开眼，看见了令人震惊的一幕。

屋内不过十坪，密密麻麻地挤着数十个孩童，我一一望过来，忽然看见一个有些熟悉的面孔。是当日粥坊前的小女孩。

戴善人在宅内关着这些小孩，是要做什么？来不及细想，身后出现了人声的喧闹，有人举着火把而来。看见戴善人带着家仆而来，我只好站在原地，强装镇定：“不知善人为何要在府内羁押孩童？”

“不知阁下为何出现在此处？”戴善人面上依旧挂着笑容，只是有些冷。

“还请善人先回答我的问题。”看见家仆试图进入厨房，我伸手撑住门框，寸步不让。那家仆缺了一臂，一时间也推我不动。

“我见他们可怜，便收养了。”

“我呸！你家把孩子当狗养啊！”

戴善人慢慢收起笑容，那张脸在月光之下，半张脸像是在笑着，半张脸像是板着，让我一时竟看不真切。

“从前故事里说，有些地方是有鬼的，去不得。人们不信，去了便信了。现在没有这些故事了，但不代表鬼消失了，它们依然在那里。”他语气平缓，“金公子，你一定要去看一看吗？现在回头，还来得及。”

“我铸刀。刀斩人，也斩鬼。”

“抓回匠房。”

爹，你为什么不教我打架啊……

匠房之内，戴善人背手站在炉前，背后站着三位家仆。

“你施粥，便是为了抓这些孩童吗？”我问，“为什么？”

“你搞错了，不是为了抓孩童而施粥，而是为了施粥而抓孩童。”

“我听不明白。”

“我施粥三年，你当我的资费从何而来？我的家产早已散空，如果不能继续下去，城里的这些人就要尽数饿死！”他转过身，“西京贵胄有娈童之风，一童可卖十金，一金可买粮千斤……一童，可救百人。”

“你配不上我的刀。”我摇头，“你是恶人。”

“天地不仁，以万物为刍狗。我见众生苦，许下宏愿，要救每一个我看见的人。活人是我的天命！为了我的天命，付出任何代价都不可惜！”戴善人咬牙切齿，“你若不开那扇门，我便是善人。”

“你配不上我的刀。”

“金家的刀，一代一把，可值万金。你的一把刀能活万万人，为什么不铸？你不是口口声声说要铸活人刀吗？难道你不过是个欺世盗名的懦夫？”

“我不知道……”我说，“我只知道一件事，你配不上我的刀。”

“十日之内，刀成，你活。否则，死。”

戴善人转身关门，留下三位家奴值守。

4

我记不得过了多少天了，时间像是失去了尺度。

我在匠房里枯坐了一日又一日，每天都有人进来送饭，我饿了便抓起吃，饱了便继续坐着。

什么是善，什么又是恶呢？这个问题在我的脑子里嗡嗡作响。戴善人贩卖孩童，是为行救人之事，他善吗？

我这一把活人刀能救万万人，我不替他铸，这万万人是否间接死于我之手呢？难道我才是真正的恶人？

烈火熊熊燃烧着，我等待着死期。

转眼间又过去了好几天，门外传来守卫们交头接耳的声音，想必十日之期要到了。我苦笑着，万万没想到，我这辈子一把刀都没铸出来。

忽然之间，门上的窗棂纸染上了红色。少女推门而入，手拎狭刀，头发乱糟糟，一身衣裳被尘土沾得脏兮兮的，像是赶了不少路。

“金闪闪！你让我好找。”

说完，她从门外扯来五花大绑好的戴善人，活似一只肉粽子。她似笑非笑地望着我，“该杀不该杀。”

“孩童运往何处？”我问戴善人。

“你惹不起的。”戴善人说，“那是比鬼还更恶之人。”

“我不怕。”

“大司徒。”

琉璃张大嘴巴，做出夸张的嘴形：“好大的官！”她把刀往戴善人颈上一靠，“好恶心的人。”

“我问你，你是否曾有一车囚童在官道上被劫了？”

“你怎么知道？”戴善人大惊。

“下去以后，找他。问他怎么做一个真正的善人。他的名字，叫大脑袋。”

不待他回答，琉璃落刀。

“琉璃。”我分不清自己流出的眼泪究竟为何，“我不知道自己该做什么了。”

“爱哭鬼！”

现在想起来，似乎我每一次见到琉璃的时候都在哭。说来奇怪，我年满十五，在家也许久没有哭过了。

琉璃说，西京比武之后，她顺着前往北疆的路线，一路寻找我的踪迹。半旬后她便要与明将军过刀了，她需要一把好刀。

我说，我不给你铸。

琉璃没有说话，只是表情看起来有些黯淡。自从寻到我之后，我很少见她笑过，她似乎有心事。我反正无处可去，四顾茫茫，便索性与她结伴前往北境。

想着看看明将军，看看这位以四十万兵力拒百万异族二十年的将军，究竟有何过人之处。一路上的景色越来越荒凉，天气也转凉了。我们听见明将军的许多传说，有人说他是杀破狼转世，杀孽无数，也有人说他是救世将星，匡扶天下。

在边关的一处小镇，我们见到了押送犯人的队伍。犯人排成二三里的长龙，里面尽是些身着异族服饰的人。有年过七旬的老人，也有嗷嗷待哺的幼童。我有些好奇，便找到领队的老兵，向他问起缘由。

“这些人要押去哪儿？”

“坑杀。”

“坑杀？”我一身鸡皮疙瘩尽数竖起，“你们要坑杀这些妇孺？”

老兵打量我一眼：“他们长得飞快，这些小孩不过十年就能成为战士，现在不杀他们，留着等他们来杀我们吗？”

“没有这种道理的。”

“没有这种道理？我一家老小被异族杀了个干净！我娘七旬，他们照杀不误！我家人的命不是命？”

我一时语塞，便问：“他们为什么要打仗？”

“异族的土地种不出庄稼，他们以游牧为生，每到秋冬，寸草不生。不来打我们，他们活不成。”

我从未听说过这样的道理，难道世上真有不杀人不成活的人吗？不杀人，他们活不成，他们杀人是为救自己，这是恶吗？兵士不杀妇孺，十年后被杀的就是他，那他该不该杀人？

我的脑子乱成一锅糨糊，几欲炸了。

正打算再度开口，琉璃牵了牵我的衣角：“走吧，你管不了。”

老兵啐了一口，正欲继续赶路。远处忽然传来一阵马蹄声。

“是御林军。”琉璃遥望。

片刻之后，二十位身着黑甲的骑士来到队伍前，为首者看了看老兵，说：“奉大司徒令，放人。”

“大司徒的令，在我们这儿行不通。”老兵口中啧啧，打量着对方精美的全身甲。

“天子令呢？”

老兵沉默。

“天子来北疆，不仅为比武，更为与异族和谈之事。在这个当口，谁也不能坏事。”

“你们的大将军，活不长喽。”囚徒的队伍里忽然传来一个嘶哑的声音。兵士大怒，当即拔刀。

“你敢？”骑士大喝道。

“狗奴为将二十年，杀我族人岂止二十万？”那老人大笑着，“明将军不死，我族的仇怎么说？不过四十万兵！我族人人都是战士！你们又有几个明将军，能挡我们多少年？”

“我们的马刀杀不死他，但是你们的刀可以。”老人磔磔笑道，声音凄惨冷厉。

“辱我将军！”老兵转身挥刀。与此同时，骑士一刀刺向他的后背，他竟不管不顾，依旧向老人砍去。

老人的脑袋落在地上，脸上仍旧挂着诡异的笑容。老兵倒地时，喷出一口血，不屑地看着骑士：“就凭你们？”

所有的北军都聚了上来，把老兵围在中央，人人拔刀。战斗一触即发，琉璃拽着我离开。

我如行尸般随她继续前行，所有问题在我的脑子里扭成一团。

夜里，边塞的天空格外低。星辰缀成一道长河，低低悬在我的头顶，我抱着膝盖，与琉璃一起坐在客栈外的沙地上。

“琉璃。”我问她，“你杀了那么多人，心中什么感觉？”

“没有感觉。”琉璃摇摇头，“我说过，我杀的都是当杀之人。”

我看她，她也看我。那双眼睛倒映着我，也倒映着漫天星辰。我知道她说的是真的。我从未见过这样的人，她的眼睛里没有善恶，你只能看见自己的倒影。

“可谁才是当杀之人呢？”我说，“大脑袋你不该杀。”

“大脑袋是谁？”

“我相处了一天的好朋友。”

“对不起，我不知道。”琉璃沉默了一会儿，“我爹说，他对我唯一的期待是凡事不应守矩，应当遵从本心。”

“可什么才是你的本心呢？”

“我问过我爹。”她说，“我爹说，本心就是本心，如果你不知道自己的本心是什么，就去看看天的心。天也有心的，羊吃草，狼吃羊，人吃狼，都是天的心。”

“我不懂，我已经分不清了。可是这个世界上有坏人的，大司徒就是。我想杀他，可是我不会打架。”

“我替你杀，我能打。”

我重新看向天空。

“金闪闪。”

“嗯。”

“我给你讲一个故事。”

“好。”

“很久很久以前，有一位将军娶了个妾，他们生下了一个女儿。将军长年不落家，偶尔见到母女也不苟言笑，长房有意无意地总是欺负这对母女。可即便如此，日子还是好过的。”琉璃缓缓说道，“因为母亲和女儿在一起，两个人便有了依靠。”

“可是忽然有一天，母亲被歹人抓去了。女儿很伤心，她去求爹，爹板着一张大长脸，一言不发。数日后，异族兵临城下。”

“将军……是明将军？”我说。

“将军应战。阵前，敌人推出女儿的母亲，让将军后撤一百里，让三城。将军不允，母亲被斩首。”

说着说着，琉璃抬起头看星空：“从那以后，她有了仇。”

“离家出走，尽访名师，她学一身武艺。刀不够快，寻大风天，树下斩落叶，五年。待到一树枝叶落尽，地上无一片完整枯叶，功成。”

话说到这里，我已经知道女儿的身份了。但我不知道该说些什么，想着要安慰她，却无从下手。我只知琉璃心心念念要一把好刀，求一个挑战明将军的机会，却没想到背后隐藏着这样的往事。

“金闪闪，我要是死了。你会伤心吗？”琉璃忽然说，“没有一把好刀，我打不过他。”

“比武而已……”我说，“明将军怎么会杀死自己的女儿？”

琉璃摇摇头，“你不了解他。你以为他凭什么以这点兵力拒异族二十年？他是明将军啊，明将军会杀死每一个挑战他威严的人，因为他是明将军，因为他不可以输。他不可以暴露出疲态和软弱，他必须是明将军。只有明将军，才守得住北疆。”

“他们说天子要议和，明将军会死，真的吗？”我问道。

“不会的，没有人可以杀死他。他太坚硬了，真的。”

“如果你死了，我会伤心的。”我说，“我只有你一个朋友，我不让你死。”

“你要为我铸刀吗？”

“你要杀死明将军吗？”

“我不要杀死他。”琉璃说，“我只要他对我和我娘说句对不起。”

我从身畔抓起一把泥沙，看着它从指尖轻轻落下。

我已经不知道自己要给谁铸刀了，但如果这把刀能活琉璃一人，那我也算是实现了自己最初的愿望。

“可是……材料哪里找？”琉璃急了起来，“这里买不到陨铁精钢。”

“你知道世界上最坚硬、最锋利的东西是什么吗？”我看着指尖流落的泥沙，“是沙。”

我不懂武，但我懂刀。

无论明将军使的是什么兵器，我都能造出比它更好的刀。

世人只知泥沙污秽，不知其性至坚至硬。以猛火催沙，将其熔化，过滤杂质，往复七次，便能取到晶莹剔透的琉璃水。

趁琉璃即将凝固，以微弱的力道反复揉搓，造出刀胚。再以清沙打磨刀刃，然而琉璃极脆，稍有不慎，便会碎掉。

将脆弱的琉璃变成神兵利器，世上只有金家人有这手艺。更不如说，这手艺唯金闪闪独一份。

5

“这哪里有刀？”

琉璃推门进来，傻了眼。

我微微一笑，举起一盆滚烫的朱砂水往桌上淋去。

转瞬之间，一把透明的血色狭刀凭空出现了。比起普通的狭刀，它的刃稍厚，也稍宽一些。

琉璃被这把刀惊呆了："好美……它叫什么名字？"

"我还没有想好。"

"慢慢想。"

"试试刀。"

她拎起刀，耍了个刀背藏身势，从透明的刀刃里头，我看见她笑了。

七日后，比武大会。

为了耀威，比武台设在离边疆最近的镇。天子携观风行帐，浩浩荡荡几万人前来观礼，这是我第一次见到三十里长的帐篷，它几乎带来了小半个西京。

天子的观礼台照例设在比武台上方，有木制阶梯相连。比武台下，一万北军站成方阵，观看将军头一回在战场之外斗刀的盛景。

我与琉璃一同面圣，天子从行帐露出脸来，那是一个和我年龄相仿的孩子，唇上刚生出细细的绒毛。大司徒站在他身边，像一尊雕像。

我与琉璃跪地。透过余光，我偷偷地看着大司徒，暗自祈祷琉璃不要在这个时候突然暴起，她有更重要的事要去做。

天子试探地看了大司徒一眼，大司徒点点头。

"好漂亮的刀。"他向琉璃伸出手。

天子拭刀，是冠军的荣誉。

琉璃递过刀，天子轻轻捧在手里，大司徒递上一块明黄色绸缎。

他接过绸缎，小心地擦拭着刀刃："这把刀还没饮过血吧。"

"是的。"

"可惜。"天子还刀。

"这是金家的刀。"大司徒忽然插嘴，他的声音绵软平和。

"是。"琉璃面无表情。

"和明将军过刀，一生一回。别让天子失望。"

琉璃弯腰，接刀退下。

我回到比武台下，站在如同雕塑般的士兵阵中。琉璃拎着刀，在台上踱着碎步，不知在想什么。

忽然间，风起。

"咚……咚咚……"富有韵律的脚步声在比武台上响起，台下寂静无声，所有人都被一种恐怖的威压笼罩住了。

我看向琉璃，她的额头上沁着细密的汗珠。

父亲说过，杀人过多，杀气会变成实质笼罩在杀人者的身上。这是护佑，也是业报。

明将军身高足有九尺，着一身明光铠。明光铠本该闪闪发亮，这个人身上的铠却黯淡无光，上面密布着刀剑伤痕。

走到琉璃跟前，他先是向天子的方向单膝跪下作揖。天子的卷帘紧紧关上，似乎连真龙也不敢对视他的目光。

"琉璃。"他回过头，刀削斧凿般的左脸上挂着道长疤，"我没想到。"

"你没想到的事有很多。"

"刀剑无眼。"

“这句话送给你自己，老头。”

明将军点点头，重新看向天子的位置，勾了勾嘴角。一件件地卸下铠甲，铠甲砸在地上，发出沉闷的响声。

“好！”明将军忽然大吼，声音响彻比武场，“拿刀来！”

看见刀的那一刻，我明白了琉璃求刀的理由。

宽刃大刀，长九尺。世上无此形制，因为无人挥得动这么沉重的刀。是我金家的刀。

不知怎么，我的内心竟有些害怕，又有些兴奋，就像是我也站在那座比武台上，和琉璃并肩面对着对手。

这便是战斗么？我想。

转瞬之间，两刀相接。它们像是粘在了一起似的，艰涩的摩擦声响起。

明将军的刀看起来慢，但胜在势大力沉。琉璃像是使出了全力，只听得刀刃破风的呼呼声，却无法突破明将军的防御。

“你的刀很快。”明将军说，“但不够。”

说着，他像是凭空找到破绽一般，慢悠悠地把刀锋递到琉璃腿部，反转刀刃，用刀背敲了一记。

“不够。”他说。

台下喝彩。

琉璃膝盖微弓，满脸涨得通红。

她深深呼吸，忽然使出一个诡异的姿势，向前冲的同时往地面倒去，在即将接触地面的时候凭空停下，几乎是贴着地面，她继续往前掠去。

二人交手数十记。

“有意思。”明将军微微喘气，“但还是不够。”

琉璃大喝一声，再次发动攻势。她的速度越来越快，姿势越来越诡异离奇。

明将军似乎也认真了起来，木地板嗡嗡哀鸣着，像是承担不住二人交手的余波。

就在这时，异变发生了。这是一个寻常的招式，连我也看得明白。

明将军横刀砍向琉璃双腿，琉璃刺向明将军的肩膀，这是两败俱伤的招数，如果不出意外，二人都会在中途变招。但是琉璃没有变招。

明将军的肩上飙起一道血花。琉璃有些困惑，她低头看向脚下，明将军的刀像是静止了，停在她的小腿旁。

明将军持刀的右手扭成一个诡异的弧度，停住这一刀，他必须付出代价。

明将军呼吸急促，他脚下踉跄几步，似是有些乏力。长刀从手中掉落，他无力地倒在地上，宦人的声音响起：“明琉璃，胜。”

台下静默无声，所有人睁大双眼，似乎不敢相信这一幕。

不对，明将军受创的部位是肩膀，并不是要害，他为什么会倒下？我重新看向明将军，他咳着血，拉风箱似的喘着气。

这是中毒的症状，可是我和琉璃并没有在刀上淬毒。

我忽然想起天子拭刀的情景，莫非那块绸缎上抹好了毒药？

天子为什么要杀明将军？难道这一切都是天子设下的局？联

想到前几日所听闻的事情，我恍然大悟。

我看向台中的席位，天子正在探身察看台上情况，一脸担忧神色。大司徒的嘴角抿成弧线，他在笑。

是他！

琉璃皱眉，和我看向同一个方向，她也意识到了事情不对劲。

琉璃看了看明将军，又看了看天子的位置，她呵呵一笑，缓缓抬手，刀尖指向天子。天子仓皇后退，一屁股倒在卧榻上。

观礼台下，五百御林军拔刀。

“不可！”我与明将军不约而同道。见我开口，明将军用奇怪的眼神看了我一眼。

那刀锋在天子的方向停了片刻，移向一旁。那里站着的人，是大司徒。大司徒面色不变，挥手示意。御林军从四面八方而来，把比武场围得水泄不通。

百十位兵士举盾，在通往观礼台的通道上组成防线。

“犯上。”大司徒轻悠悠地说。

“不犯上。”琉璃摇摇头，“犯你。”说完，她朝防线一步步走去。

“靠近观礼台一百步，便是行刺天子！无赦！”大司徒吼道，那声音失了往日镇定。

琉璃仿若没听到一般，继续向前走去，紧密相依的盾墙中伸出长矛。她竟是要以一人之力与这支军队为敌。我哀声长叹，一步跃上台，朝她奔去。

“疯婆子，等等我。”我朝大司徒喊道，“大司徒，你……你个坏㞞！今日……今日便取你狗命！”

经过明将军身旁时，他忽然用极微弱的声音对我说：“架嘛，不会打，命嘛，不要命。你们金家人都一个德行。”我回头看，他已拄刀站起。

“陛下，臣可以死。为你们的和谈，为天下的一时太平。”他的声音洪亮无比，仿似没受过伤，“要杀我女儿，我却不允。”

“便是你也要谋刺天子吗？”大司徒一手将天子拦在身后。

明将军当他不存在似的，看也没看，转头面对台下：“明军，听令！”

我从未想过，当一万人同时喊出一句话，声音是如此的震撼。那声音震得尘灰飞扬，天动地摇，震得我的心脏怦怦跳，恨不得飞出胸膛。

“听大将军令！”

他们沉默了太久，即使看到明将军受伤倒下，也没有人喧哗。因为台上那个人没有说话，他们便动不得。

现在，他终于叫出他们的名字了。

一万人的脸上流下一万颗眼泪，这是一万次的悲伤。

“好！都是好儿郎！刑律官！出列！”

“听令！”一位身着文官服的中年人出列。

“我今日身殒。军中不许哗变，一切听从朝廷安排。违令者，斩立决！”

刑律官的眼中含满泪水：“得令！”

“第二件事。是我明朗的私事。”明将军的声音变低了，“我驻守北疆二十一年，从未行过假公济私之事。今日恳求各位。”

他拜拳，“护我女儿周全！”

话音未落，震天的声音响起：“得令。”我一一看去，每一张粗糙的脸上都沾满泪水，但竟无一人伸手去擦。

“琉璃吾儿。”明将军拄刀的手微微颤抖，“你要什么？”

“我要杀人。”

“为谁杀人？”

“为我的好朋友，和我好朋友的好朋友。”

“哈哈哈，那便杀！”明将军眯起眼睛扫视一圈，“我看谁敢拦。”

偌大的空间里，没有一双眼睛敢与他对视。

明琉璃重新向前走，透明的刀刃滴落着明将军的血。我骄傲地笑了，那是我金家的刀。

携万人杀气。

只听见甲胄摩擦的声音，御林军沉默地让开道路。

大司徒的脸色一变再变，终于从紫青变成通红，像一块可爱的糕点：“护驾！你们护驾！”

琉璃持刀冲刺，一道血鸢冲天飞起。飞得又高又远。

天子惊惶的脸上，沾着几滴大司徒的鲜血。

“哈哈哈，这是我家的琉璃儿啊！”明将军高声喊道，像是在炫耀着什么珍贵的事物一般。他大笑着，笑声越来越微弱，直到面如金纸，一头往后直直栽去。

琉璃回到他的身边，清澈的眼睛里倒映着父亲的容貌。

“爹爹……爹爹对得起这天下的每一个人。爹爹对得起这风！

对得起这雨！对得起这山与河！唯独……对不起你们。”明将军轻轻抚摸着她的脸颊，就像第一次那样。

“爹爹，没关系的。”琉璃把头靠在他的胸口，“我不怪你了。”

他咧开嘴，露出一口黄牙，他微笑着，那笑容如同少年一般天真。他的目光落在琉璃脸上，又像是穿越了恒久的时光，看向时空中某个永恒流逝的结点。

他说，唯愿此心净如琉璃。

明将军，薨。

6

有一件事我没有告诉琉璃，在比武的前一夜，我收到了父亲的信函。信里写着他和明将军的故事。

彼时明将军还没有成为将军，他的名字叫明朗，一个四处偷鸡摸狗的游侠儿。金家人，十五岁出门游历，是规矩。我父亲金灿，正是在游历中与他相遇。金灿他爹没教过他打架，他又爱扮演大侠，于是落于贼人手中，得明朗搭救。

明朗不知金灿的身份，两人却一见如故。结伴游山玩水，行侠仗义，好不快活。

青山绿水畔，得遇一女侠。女侠名为罗俪，生得那叫一个美呀（这里是他的原话）。金灿对她一见倾心，只是三人结伴同游，他并无机会表露衷肠。

明朗此人疾恶如仇，性子如同一把出鞘利剑，又如天心骄阳，滚烫炽热。

三人在江湖中混了数年，遇不平则拔剑。只是不知为何，明朗却一日日地消沉下来。

“我空有一身武艺，一人一刀，能守几人？这侠客，不做也罢。”

金灿问：“那你又想如何？”

“我欲守天下苍生。”

“什么是天下呢？”

“村庄、河流、山川水脉……那意味着全部，全部事物的集合。”

明朗的话里有一种“信”的力量，这是一种极强的念，足以扭曲现实。

金灿看着这个野心勃勃的男人，心想不管他说什么，我都会信的。

他也注意到，罗俪看明朗的眼神中，带着异样的神采。那是女孩看男孩的眼神，她从未这样看过自己。但金灿已经不在意这些了，他的心中涌起一团火焰，他知道自己应该铸一把什么刀了。

三日刀成，名曰苍生刀。

明朗得刀，三人分道扬镳。

金灿已经完成自己的使命了，他回到故乡，娶了对门包子铺的女儿。

明朗携刀拜谒西京显贵，从底层一步一步爬到了今天的位置。

为了成为明将军，他娶了重臣的女儿为正妻。罗俪，被纳作妾室。

时光荏苒，明将军如山岳般镇守北疆，杀人无数。

人们传颂着他的故事，一把苍生刀，在传说中慢慢变成了杀生刀。再后来，罗俪被阵前斩首，明将军不管不顾。

金灿于家中大哭三日，与明将军恩断义绝。

金灿说，明朗想守苍生，成不世之功业；他想寻到一个不会让自己后悔的刀主；罗俪想和自己心中的盖世英雄白头偕老。

只是不知为何，三人好像都没有做到。我们终究无法成为自己想要成为的那种人。

我转过头，看向跪伏在明将军坟茔前的琉璃。那块坟茔小小的，杉木牌上写着一行歪歪扭扭的小字："明朗少年之墓。"不用问，自然是出自琉璃之手。

她站起来，迎上我的目光。

我说："我已知世上没有绝对的善恶。世界不是非黑即白的，善与恶相克亦相息。大脑袋行小恶，心却是善的；戴善人行大善，背里却是极致的恶；明将军杀生是为救苍生……这世上没有杀生刀，也没有活人刀，一切皆为混沌，我妄图铸活人刀，是违背天命。我没有那个本事的。"

她点点头："我知道，没关系的。"

"我之前没有告诉你我已想好了这把刀的名字，现在可以告诉你了，它叫琉璃斩。唯愿此心净如琉璃。"

琉璃流泪。

"琉璃是世间最坚硬的事物，至坚则至脆。我注意到你使刀的法子有一个特点，握刀的手从来只使虚劲。我用秘法锻造，琉璃斩的刀身没有缺点，但刀柄脆弱，只要轻轻使劲，整把刀就会碎为齑粉。

“我一生铸一刀，一刀守一人。记住，不要让人碰到你握刀的那只手，你不松开它，你就是天下无双的高手。”

说着说着，我竟也哭了。

“爱哭鬼。”琉璃松开握刀的手，挤出个难看的笑容，向我走过来。

琉璃斩在空中坠落，它落在地上，从刀刃开始，整把刀碎成晶莹的尘埃。

来是土，还归土。

琉璃牵起我的手。

等价交换童叟无欺
人生中介有限公司

图书在版编目（CIP）数据

人生中介有限公司 / 武士零著. -- 北京 : 北京联合出版公司, 2023.4
ISBN 978-7-5596-6603-1

Ⅰ. ①人… Ⅱ. ①武… Ⅲ. ①短篇小说 - 小说集 - 中国 - 当代 Ⅳ. ①I247.7

中国国家版本馆CIP数据核字(2023)第011540号

人生中介有限公司

著　　者：武士零
出 品 人：赵红仕
责任编辑：李艳芬
封面设计：尚燕平

北京联合出版公司出版
（北京市西城区德外大街 83 号楼 9 层　100088）
北京时代华语国际传媒股份有限公司发行
三河市宏图印务有限公司印刷　新华书店经销
字数138千字　880毫米 × 1230毫米　1/32　7印张
2023年4月第1版　2023年4月第1次印刷
ISBN 978-7-5596-6603-1
定价：58.00元

SD